[英]玛丽·雪莱 著 曾凡珂 译

弗兰肯斯坦

Frankenstein

科学普及出版社

·北 京·

图书在版编目（CIP）数据

弗兰肯斯坦 /（英）玛丽·雪莱著；曾凡珂译 .
北京：科学普及出版社, 2025. 6. --（世界科幻名著经
典书系）. -- ISBN 978-7-110-10978-6

Ⅰ. I561.44

中国国家版本馆 CIP 数据核字第 2025NH3580 号

策划编辑	王卫英
责任编辑	王卫英
封面绘图	周　舟
封面设计	北京中科星河文化传媒有限公司
正文设计	中文天地
责任校对	邓雪梅
责任印制	徐　飞

出　　版	科学普及出版社
发　　行	中国科学技术出版社有限公司
地　　址	北京市海淀区中关村南大街 16 号
邮　　编	100081
发行电话	010-62173865
传　　真	010-62173081
网　　址	http://www.cspbooks.com.cn

开　　本	880mm×1230mm　1/32
字　　数	166 千字
印　　张	8.125
版　　次	2025 年 6 月第 1 版
印　　次	2025 年 6 月第 1 次印刷
印　　刷	北京长宁印刷有限公司
书　　号	ISBN 978-7-110-10978-6 / I·806
定　　价	63.00 元

总　序

穿越时空的对话：科幻文学与人类未来

科幻文学是人类文明进程的镜像与未来预言的先驱

自古以来，人类对未知的探索便如星辰般璀璨不息，从古希腊神话中代达罗斯的飞翔之梦，到东方哲学家庄子笔下鲲鹏展翅的逍遥游……古今中外那林林总总的寄寓了人类美好理想和希望的神话、传说，历来都被视作文学创作想象力最丰富的源泉。这种探索精神跨越时空，同样也是科幻文学萌芽的肥沃土壤。

随着工业革命的轰鸣，科幻文学正式登上历史舞台，成为人类文明进程中一面独特的镜子，不仅映照出现实世界的科技变迁，更以其非凡的想象力，预见了未来的诸多可能。我们今天所生活的世界，实际上正是诸多科幻作家在 100 多年前就着力描述过的世界。

英国科幻作家玛丽·雪莱在 1818 年出版的《弗兰肯斯坦》，被视为现代意义的第一部科幻小说。小说中，一个名叫弗兰肯斯坦的青年科学家，幻想通过创造自己的生物来理解生命，最终却又被自己所创造的"怪物"所害。这部科幻开山之作不仅开启了人类对生物科技与伦理道德的深刻反思，也揭示了人类创造生命的复杂情感——既渴望，又恐惧。书中关于科技发展及其对社会影响的描述，令人不禁想到了一个进退维谷的人类代表站在新时代的十字路口时所可能具有的种种复杂心态。200多年来，这种尖锐的冲突在人类与技术进步之间一直没有停止。

《弗兰肯斯坦》问世数十年后，法国科幻作家儒勒·凡尔纳和英国科幻作家乔治·威尔斯也相继推出了他们风格迥异的科幻作品——著名的有如《从地球到月球》《地心游记》《海底两万里》，还有《隐身人》《时间机器》《世界大战》等。大半个世纪过后，钟情于"时间旅行""时间悖论"的日本科幻作家广濑正创作的科幻小说《负零》，则以精巧的情节安排构建了一个完美的时间闭环。

这些作品中关于未来科技进步以及未来世界的描述，向读者展现出了一个现实与想象相结合的迷人世界，进一步拓宽了人类的认知边界。它们不仅是对当时科技发展的艺术再现，更是对未来科技文明走向的敏锐洞察，如同预言书般，预示了从移动通信到太空探索的诸多科技成就。

科幻文学是时空交织下的文明反思与探索

科幻文学不仅仅是对科技发展的简单描绘，它更深刻地触及了人类文明的本质与未来走向。在时间维度上，英国作家阿道司·赫胥黎的《美丽新世界》与乔治·奥威尔的《1984》分别以技术专制与极权主义为背景，提出了对人性自由与社会伦理的深刻警示，促使我们在科技进步的同时，不断审视与守护人性的尊严与价值。

这类科幻作品有的尽管显得离奇乃至危言耸听，但也不无思想启迪意义：先进的科技一旦被毫无人性之人滥用就有可能导致灾难，同时也预示了利用科学反人类的潜在危险。苏联科幻作家亚历山大·别利亚耶夫的多部科幻作品都揭示了"社会的丑恶歪曲了科学的目的"这一主题，他善于在矛盾与冲突中展开情节，人物刻画十分鲜明，并富于思想性。如《跃入虚空》通过荒诞的生态想象和阶级对立叙事，批判了资本主义的腐朽本质。

在空间维度上，科幻文学则更深入地引领我们跨越星际，探索宇宙的奥秘与生命的多样性。英国哲学家奥拉夫·斯塔普尔顿出版于 1937 年的科幻小说《造星主》，以其宏大的宇宙观与深刻的哲学思考，不仅丰富了人类的宇宙认知，更引发了关于生命意义等终极命题的广泛讨论。这些作品不仅是对未知世界的想象之旅，更是对人类文明本质的深刻追问。

科幻文学的人文价值与社会影响

科幻文学的价值不仅体现在其艺术魅力与想象力上，更在于它对科技发展伦理困境的敏锐洞察与深刻反思。从克隆技术到人工智能，从基因编辑到意识上传，科幻作品总是能提前预见并探讨这些新兴科技可能带来的伦理挑战，引导我们未雨绸缪，思考科技发展的合理边界。

此外，科幻文学对人类社会的影响日益深远。它不仅塑造了大众的科学认知，影响了科技创新的方向，更在潜移默化中改变着世界的思维方式。从科幻迷到科技巨头，从文学爱好者到政策制定者，科幻文学以其独特的魅力，激发了人们对未来的无限憧憬与深刻思考。

因此，科幻文学不仅是人类想象力的盛宴，更是人类文明进程的镜像与未来走向的预言。在科技日新月异的今天，科幻文学将继续以其独特的视角与深刻的洞察力，引领我们探索人类文明的无限可能，思考我们将成为怎样的文明，以及我们将走向怎样的未来。

如果说科学技术是社会变革的工具，那么科幻小说则是变革的文学。而且正是科幻小说以其严谨的推理式想象手法，为人类开拓了广阔的视野和思维空间，并预见到未来发展的方向。

100多年来，科幻作家们在创作实践中已经形成了某种深刻的社会责任感，他们认为自己肩负着一种使命，那就是通过自己的作品，为今天的人们探寻人类所可能趋向的前途与未来，同时能够清醒而又明智地趋利避害。本套"世界科幻名著经典书系"陆续推出的作品，都具备这样的特质：它们既以时空为经纬丈量未来图景，又以人物为镜鉴穿透人性幽微；既以科技为基构筑文明高塔，又以思想为盾警惕技术异化的暗涌。

站在新时代的门槛上，我们不妨向自己发问：假如失去科学幻想，这世界将会怎样？

尹传红

中国科普作家协会副理事长

原　序

　　达尔文博士和一些德国生理学著作者认为，本作所基于的事件并非全无可能发生。但人们不应就此认为，我会对这样的想象深信不疑。不过，若是将之视为一部幻想作品的根基所在的话，我并不认为自己只是在编造一系列怪力乱神的恐怖情节。本故事之所以有趣，有赖于摆脱了单单讲述幽灵鬼怪抑或魔法故事带来的种种弊端。其为人称道，是因为故事铺展开来的场景颇具新意，也因为不论在客观现实中有多么不可能发生，本作跟现存事件能生发出来的所有一般关系相比，都能更加综合全面、高屋建瓴地提供一个用以描摹人类激情的想象视角。

　　鉴于此，我既致力于真实保留人性的基本准则，同时也毫不犹疑地在此之上进行了融合创新。希腊悲剧史诗《伊利亚特》、莎士比亚的《暴风雨》《仲夏夜之梦》，尤其是弥尔顿的《失乐园》都遵循了此条原则。即便只是个想通过作品娱人娱己的小说家，他大概也会放下身段，给虚构小说破破格，或是添点准则。正是这般运用才涌现出了如此之多细腻精妙的人类情感组合，从而汇集成了诗歌这一至高无上的品类。

本故事的设定是在一次闲谈中促成的。创作之初是为了好玩，也权当是为了练练未曾一试的一些想法。写作过程中也有一些其他动机交织其中。至于作品中的各种情感以及不同角色展现出来的道德倾向会以何种方式影响到读者，我绝不会漠然视之。不过在这方面，我主要关心的是要避免当今小说感染力式微的现状，着重展现家庭成员间的相亲相爱，描绘普世美德的崇高美好。绝不可将书中角色和主人公在各种境遇下自然生发出来的观点当作我本人一贯秉承的信念，也不可把以下篇章中合理演绎出来的推论当作是对任何哲学理论的偏见。

对笔者而言，还有一处颇有意趣的点在于，本故事诞生于一处宏伟壮丽之地。那也是小说主要场景的所在地，当时相伴的友人也让我很是难忘。我在日内瓦近郊度过了1816年的夏天。那个夏天天气寒凉，阴雨绵绵。到了晚上，我们就围坐在熊熊燃烧的火堆旁，偶尔借着手头恰有的一些德国鬼怪故事来自娱自乐一下。这些故事激起了我们模仿着玩的兴致。另外两位友人（倘若其中能有一位可以下笔写个故事出来，都会比我想要创作的任何作品都更受大众欢迎）和我约好了，要根据一些怪力乱神的事情各写一个故事出来。

然而，天气骤然转晴，我那两位友人就丢下我去阿尔卑斯山游玩去了。他们沉醉在了眼前的奇伟丽景之中，把想象鬼怪之事全都丢到九霄云外去了。接下来的故事则是唯一得以完篇的成果。

目　录

第一卷

第一封信
致英格兰的萨维尔夫人

　　你一直预感我这次出行会厄运重重，但其实我在出发之际并未遭逢任何灾祸。听及此处，你定会倍觉欣喜。我是昨天到的这里，首要任务便是向我亲爱的姐姐报平安，叫你知晓我对此行的成功信心倍增。

　　我已经在伦敦以北很远的地方了。走在圣彼得堡的街头时，一阵寒凉的北风拂过脸颊，叫我神清气爽，满心欢喜。你能理解这种感受吗？这股微风正是从我要前往的地方跋涉而来的，让我能抢先尝到一丝彼方的天寒地冻。在这阵希望之风的鼓舞下，我的白日美梦变得愈发狂热鲜活了起来。我尝试说服自己北极不过是霜寒苦冻的荒凉之地，却徒劳无功——在我的想象中，那里总是美不胜收的极乐净土。玛格丽特啊，那里的太阳永不坠落，巨大的日轮直擦地平线，散发出永恒华光。那里——姐姐啊，请允许我对前人航海家们抱有几分信任吧——那里霜雪无存，而我们驶过平静的大海后，也许就会漂到某个超出世间已知的一切奇伟瑰丽之地的陆上去。那里的物产和特色可能前所未闻，正如种种天体异象必发自于孤僻未知之地。永恒白日的国度里还有什么是不可能发生的呢？我或许会在那里发现能吸引磁针的奇妙力量，抑或是能规整出上千份天文观测资料来——只需要航行这一次，我就能把看似光怪陆离的地方都一劳永逸地理顺了。我要去见见无人涉足过的世界一角，也许还会踏上一片从未有人踏足过的土地，以飨我旺盛的好奇心。这些诱因足以让我克服掉一切对危险和死亡的恐惧，引诱着我欢欣鼓舞地开启这一段奔波之行，就如同孩子们放假时跟玩伴们一起登上小船、去探索发现家乡的小河一般雀跃。即便所有的这些假想都落空了，我也能在极地附近发现某个新航道，通向现在必须花费数月才能去往的国家；或许我也能探知到地磁的奥秘——倘若能行的话，也只有像我这样的行动才能真正对此一探究竟了。如此这般我也能给全人类千秋万代带来不可估量的裨益，这一点你是不会提出异议的。

　　思及这些，我提笔写信时的心烦意乱都已经烟消云散。我现在心头激情焕发，仿佛腾空而起，直入云霄，因为唯有坚定的目标才最能平复心绪，因为灵魂的慧眼可以聚焦于此。此次远行一直是我年少时最想实现的梦想。我热衷于阅读航经北极附近的海域、到达北太平洋的各种航行资料。你大概还记得，我们亲爱的托马斯叔叔的藏书室里就尽是记载探索发现之旅的史书。我虽然不学无术，但读起书来却如醉如痴。当我还是个孩子的时候，听闻父亲留下临终遗言，严禁叔叔让我开启航海生活，自那时起我就一直觉得遗憾。而我夜以继日地研读这些书卷，越是熟读，就越感遗憾。

当我头一次去细细品读一些诗人的篇章时，这些憧憬便褪色了。诗人们倾泻而出的情感令我的灵魂都为之震颤，叫我扶摇而上、直入天界。于是，我也做了名诗人，整整一年都活在自己的创作乐园中，幻想我也能在供奉荷马和莎士比亚的圣殿中获得一席之地。你对我后来的败局已经很清楚了，也知道我有多么失望透顶。不过也就是在那个时候，我继承了堂兄的遗产，于是我的想法又回到了原先的轨道上。

从我下定决心要做现在的事业算起，已经过去六年了。甚至到现在，我都还能记起自己立志要献身于这份丰功伟业的那个时刻。为此，我先让自己磨炼筋骨。我曾随同捕鲸人数次远航北海，甘愿忍受饥寒口渴、睡眠不足之苦。白日里，我常常比普通的水手工作得更卖力，到了晚上，我就努力学习数学、药理，还有自然科学中对于海上探险最为实用的学科。我甚至两度受雇于一艘格陵兰岛的捕鲸船，担任二副，也赢得了众人的称赞。后来船长还请我当船上的二把手，真心实意地请求我留在船上。他这么看重我的付出，说实话，我还是颇有些骄傲的。

而现在，亲爱的玛格丽特啊，难道我不配去干一番大事了吗？我或许可以骄奢淫逸、悠闲度日，但比起人生路上的种种金钱诱惑，我更想要追逐荣光。哎，要是能有鼓舞的声音给我肯定的回应就好了！我无所畏惧、决心坚定，但信心却起伏不定，心中也常感抑郁。我将要踏上漫长又艰辛的旅程，必须凭借全部毅力去应对途中险境。我不仅要振奋他人士气，有时还要在其他人都垂头丧气之时为自己加油鼓劲。

现下是最适宜在俄罗斯旅行的时节。人们乘着雪橇飞跃雪地，动作看起来赏心悦目，而且就我看来，这可比英格兰的公共马车要惬意得多。如果穿着皮大衣的话，这里也不算太冷——我就已经穿上了这样的皮大衣，因为在甲板上走动跟一动不动地在雪橇上坐上几个小时比起来还是有很大差别的，在雪橇上没办法阻止血液在血管里冻结成冰。我可不想在圣彼得堡和阿尔汉格尔斯克之间的驿路上就丢了命。

两三周后，我就会启程前往阿尔汉格尔斯克。我准备在那里雇一艘船，这很好办，只要给船主付保险费就成。我还要在以捕鲸为生的人中招到尽可能多的水手，以供我所需。我准备等到六月份再启航。那我又该何时返航呢？啊，亲爱的姐姐，我该怎么回答这个问题呢？若我此行成功，那么你我将要等好几个月甚至好几年才能再见面了。倘若我失败了，那你或许很快就能见到我，或许再也见不到我。

别了，我亲爱的优秀的玛格丽特啊。愿上天垂怜于你，也护佑于我，让我能一遍又一遍地向上苍证明，我有多么感激你的爱与仁慈。

你挚爱的弟弟

罗·沃尔顿

17xx 年 12 月 11 日于圣彼得堡

第二封信
致英格兰的萨维尔夫人

　　我置身于霜雪之间，这里的时间过得好慢啊！不过我已经朝着探险大业迈出了第二步。我雇到了一艘船，现在正忙着网罗水手。我已经招到的人看起来都很值得信赖，而且也很英勇无畏。

　　但我还有个需求至今都没得到满足，我现在觉得少了它简直就是最大的不幸。我没有朋友，玛格丽特——当我因为成功之喜而光芒四射时，没有人与我共享欢乐；当我被失望打击而垂头丧气时，也没有人来尽力鼓励我。我当然可以将种种思绪付诸笔端，但文字远不足以传达我的感受。我想要有个人可以陪着我、与我共情，想要他的眼神可以回应我的目光。亲爱的姐姐啊，你可能会觉得我太不切实际了，但是没有朋友实在是令我痛苦。我身边没有这样一个人：温柔却勇敢，既有教养又思想广阔，跟我志趣相投，能够支持我的计划或是为我建言献策。这样一位朋友能弥补你可怜弟弟的多少不足啊！我行事太急于求成，遇到困难又太没耐心。而且更糟糕的是，我是自学成才的：我人生中的前十四年都在旷野放浪，除了托马斯叔叔的航海书籍什么都没有读过。我在那个年纪了解了一些我国的著名诗人，但等到我终于发觉有必要在母语外再多熟悉几门语言时，已经是心有余而力不足，无法再从这样的信念中获得最重要的好处了。现在我已经二十八岁，但其实比起十五岁的学生来还要浅薄无知。当然我想得更多了，我的白日梦也更宏大绚烂了，但用画家的行话来说，这些想法少了"协调性"。我非常需要有这样一位朋友：足够通情达理，不会轻笑我太不切实际，也足够热情关切，能尽力帮我调整好思绪。

好吧，这些都是没什么用的抱怨罢了。想必在这茫茫大海上我肯定也交不到朋友，就算是现在在阿尔汉格尔斯克，我也没法在这些商人和水手中找到朋友。可即便是这些粗放之辈的胸膛中，也跳动着一些与人类糟粕天性无关的情感。拿我的副手来说，他是个极其英勇且有事业心的男人，疯狂渴求荣耀。他是个英格兰人，虽然不曾因受过教化而消除对国家和职业的偏见，但仍保有一些人类最崇高的秉性。我在一艘捕鲸船上与他结识，发现他在这座城市里还没有找到工作，便轻而易举地把他请来协助我的大业了。

船主则是一个性格极好的人，在船上以性情柔善、惩处温和著称。他确实是天性友善，由于无法忍受鲜血四溅，从不参与捕猎活动（这是当地最受欢迎、也几乎是唯一的娱乐活动）。此外，他还非常慷慨大方。几年前，他爱上了一个家境普通的年轻俄罗斯姑娘。等到存下一笔可观的奖金后，女孩的父亲就同意了他们的婚事。婚礼前，他见了自己的心上人一面，可她却以泪洗面，跪倒在了他的脚边，请求他原谅自己，同时跟他坦白说自己另有所爱，但是那个人穷困潦倒，她父亲是永远都不会同意他们成婚的。我那慷慨的朋友安慰了苦苦哀求的姑娘，而且一听闻她心上人的名字，他就立马放弃了追求她。当时他已经用自己的钱买下了一座农场，本是打算在那里度过余生的。但是他把这一切都送给了自己的情敌，连带着剩下的奖金也都拿去给他添置牲畜了，之后他又亲自去求姑娘的父亲同意女儿跟她心上人的这门婚事。但是老人家断然回绝了，他觉得应该对我朋友信守承诺。我朋友发现姑娘的父亲不为所动后，就离开了自己的家国，直到听闻曾经的心上人如她所愿嫁了人才回去。你定会惊呼："好高尚的人啊！"确乎如此，不过后来他就在船上度过此生了，除了船绳和桅杆，心中再无他念。

但可别因为我稍有怨言，或是为不可预料的辛劳寻求慰藉，就以为我的决心有所动摇了。我的决心坚定不移，宛如命中注定，而且我的行程也只是暂时延缓了，等到天气允许，我就将扬帆起航。这个冬天严酷非常，但春天却十分可期，而且大家都觉得今年的春天会来得格外早，所以我也许会比预想中的更早起航。我绝不会草率行事，你足够了解我，也该相信每当别人的安危系在我身上时，我会有多么谨慎入微、细致周全。

探险之旅即将开启，我难以向你描述现下的感受如何。我无法向你传递我的震颤之情，而我就要怀揣着这样又喜又怕的心情启程了。我将要去往不曾有人探索过的地区，去到"雾与雪之地"，不过我是不会猎杀信天翁的，所以不必为我的安危担惊受怕。

待我远渡重洋，途经非洲抑或是美洲最南端的海角归来之时，我能再度与你相会吗？我不敢期许这样的凯旋，可我也不能忍受截然相反的情形。请继续一有机会就给我写信吧：我可能会在最需要精神支撑之时收到你的来信（哪怕收信概率存疑）。我无比温柔地爱着你。倘若你再也不曾收到我的消息，请以爱意铭记我。

你挚爱的弟弟
罗伯特·沃尔顿
17xx 年 3 月 28 日于阿尔汉格尔斯克

第三封信
致英格兰的萨维尔夫人

我亲爱的姐姐：

　　我匆匆写下几行字句，向你报个平安，也告知你航行一切顺利。这封信将由一位商人送达英格兰，他从阿尔汉格尔斯克启程，此刻正在返乡途中。他比我要幸运得多，因为我大概有好多年都无法见到故土了。不过我精神颇佳，我的手下英勇无畏，而且很显然也都意志坚定。浮冰不断地流经我们身边，意味着我们正在前往的地区危机四伏。即便如此，我的手下看起来也面无惧色。虽然我们已经到了纬度很高的地方，但时值盛夏，尽管这里的南风不如英格兰和煦，但风势强劲，吹着我们向我热切想要去往的彼岸疾驶，吹出了出乎意料的一种令人振奋的暖意来。

迄今为止，我们尚未遇到什么值得在信中提及的意外事件。有经验的海员很少会想起要去记录刮了一两阵狂风、桅杆断了这些事。要是航程中没有更糟糕的事情发生的话，那我会十分心满意足的。

再会吧，我亲爱的玛格丽特。请放心，为了我自己也为了你，我是不会莽撞地去犯险的。我会沉着冷静、不屈不挠、谨慎行事。

请代我向英格兰的所有朋友问好。

你最最挚爱的

罗·华

17xx 年 7 月 7 日

第四封信

致英格兰的萨维尔夫人

我们遇到了一件古怪万分的事。虽然你很可能会在拿到这几页信纸前就先见到我了，但我还是忍不住要把这件事给记下来。

上周一（7月31日），我们差点被浮冰包围了。浮冰从船体四周逼近，我们的船在海上简直毫无航行空间。尤其是又有格外浓重的雾气将我们围困，当时的处境相当危急。我们只能泊船不动，期盼浓雾和天气能有所好转。

约莫两点钟的时候，雾气散了，我们放眼四顾，只见周围都是参差不齐的大块冰原，似乎无边无际。有些同伴唉声叹气，我自己也焦虑不安，警觉了起来。就在这时，一个古怪的景象忽然引起了我们的注意，让我们暂且忘记了忧虑自身的处境。我们注意到，距我们半英里①远的地方，有辆固定着低矮车厢的狗拉雪橇在朝北方驶去。雪橇上坐着驱狗的是个虽有人形、但身材非人的庞然大物。我们用望远镜注视着这位旅者疾速前行，直到他消失在远处起伏的冰原里。

他这一现身让我们大感惊奇。我们本以为，自己已经离一切陆地都有数百英里之远了，可是这个突然出现的东西似乎表明事实并非如此，我们离陆地并没有想象中的那样远。然而，我们尽管全神贯注地盯紧了他，但却由于被浮冰围困，无法继续追踪。

大概在他出现的两小时后，我们听到了浪声滔滔。夜幕降临之前浮冰就碎了，我们的船也得以脱困。然而，由于担心会在黑暗中撞到四处漂流的大块浮冰，我们还是将船泊到了第二天早晨，我也得以利用这段时间去休息了几个小时。

到了早上，天一亮我就登上了甲板，却发现所有水手都在船的一头忙来忙去，显然是在跟海上的什么人说话。原来，是一大块浮冰上有架雪橇，在夜里漂向了我们，就像我们之前看到的那架一样，但只有一条狗还活着了。不过雪橇上还有个人，水手们正在劝说他上船来。他跟之前那位旅者看起来有所不同，不像是某个未知小岛上的野蛮原住民，倒像是个欧洲人。见我

---

① 1英里≈1.61千米。

出现在甲板上，船主就说："这是我们的船长，他是不会任由你在茫茫大海里丧命的。"

这陌生人一见到我，就用英文跟我讲话，不过带着点外国口音。"在我登上您的船之前，"他说，"能否请您告知我你们将要前往何方？"

你大概能想象到，我听到一个命悬一线的人这么发问该有多错愕。我本以为，对他来说能登上我的船是珍稀万分的机会，哪怕是用世界上最宝贵的财富来换他都不会要。但我还是回答了他，告诉他我们正在前往北极探险的路上。

闻及此言，他似乎是满意了，这才同意登船。老天哪！玛格丽特，要是你能亲眼见到这个要如此这般才愿意屈尊求安的男人，准会惊讶得目瞪口呆。他的四肢几乎都冻僵了，身体因为疲惫与磨难而形销骨立。我从未见过境遇如此凄惨之人。我们试着把他抬进船舱，但是他一离开新鲜空气就晕了过去。我们只好把他带回甲板上，用白兰地给他揉搓身子，再灌他咽下了一小口酒，希望他能转醒过来。待他一出现生命迹象，我们就用毯子把他裹了起来，放到厨房火炉的烟囱边。他渐渐缓了过来，喝了一点汤，状态也好了很多。

如此两天后，他才可以开口说话。我总是担心他遭受的磨难已经让他丧失了心智。等他有所恢复之后，我就把他搬到了我的船舱中去，在不影响到工作的前提下尽力照顾他。我从未见过比他更有趣的人：他的双眸总是透出狂乱乃至疯狂的神色，但偶尔有人对他做出善举，或是帮了他点微不足道的小忙时，他的整张脸庞就都会亮起来，散发着一种我从未见过的无可比拟的仁慈亲切。不过他大多时候还是郁郁寡欢，时而还咬牙切齿，仿佛是忍受不住压在身上的沉沉苦难。

等到我的这位客人稍有好转，船员就开始向他问这问那，但显然他需要全盘静养才能恢复身心健康，所以我不会任凭他受其他人无聊的好奇心折磨，好不容易才将他们赶走。不过，我的副手有次问道，为什么他要乘着如此奇特的雪橇车在冰上走这么老远呢？

他脸上立马就露出了极其阴郁的神色，回答道："为了找一个从我这儿逃掉的家伙。"

"那你追的这个人也是驾着雪橇车的吗？"

"对。"

"那我想我们见过他了。救起你的前一天，我们看到有架狗拉雪橇跨过了冰原，上面就载了个男人。"

这话引起了这位陌生人的注意。他一连问了好几个问题，想知道他口中的那个魔鬼的行经路线。过了一会儿，只剩下他和我两个人时，他说道："我肯定引起了你和那些好心人的好奇，不过你太过贴心，从来没有多问。"

"当然。要是追根究底地打扰你，那我也未免太过无礼、没人性。"

"但你从陌生的险境中救了我，你善心大发救了我一命。"

说完没多久，他就问我是否认为冰面开裂已经把另一架雪橇毁掉了？我回答说我也给不了任何确切答复，因为冰面是临近午夜时才破开的，而那个旅者可能在此之前就已经到达安全的地方了，不过这一点我也无从判断。

打这之后，这位陌生人似乎就十分热衷于登上甲板，去观望之前出现过的那架雪橇。不过我说服他要待在船舱里，毕竟他还太过体弱，根本无法承受阴冷的天气。但我也向他保证，会有人替他看着，一旦观察到任何新目标，就会立马通知他。

以上就是迄今为止这桩奇遇的所有情况了。这位陌生人的身体状况渐渐好转，但他十分沉默，除我之外的任何人进到船舱来，他都会显得不太自在。不过他的行为举止温文尔雅，水手们尽管跟他交流不多，却都对他很感兴趣。而我则开始对他产生了兄弟之爱。他恒久不移的深沉哀伤让我对他万分同情。即便如今深陷这般惨境，他仍然如此富有魅力，且和蔼可亲，想必在他时日尚佳之时定是位高贵人物。

我亲爱的玛格丽特啊，我之前在有封信中说过，在这茫茫大海上想必我是交不到朋友的。可如今我遇到了这样一位我很高兴能将他视为知心兄弟的人，还好苦难尚未将他的心智击垮。

若还有与之相关的任何新鲜事，我会继续隔一段时间就记录在航海日志上。

17xx 年 8 月 5 日

我对这位来客的好感与日俱增。他一下子就激起了我的钦慕和同情，让我钦佩至极，又怜悯万分。眼睁睁地看着如此高贵之人被苦难摧毁，我又怎么能不觉得痛心疾首呢？他是这般儒雅睿智、富有涵养，讲起话来虽字斟句酌，却能口若悬河。

现在他的病已经好得差不多了，总是待在甲板上，显然是在寻找那架先他一步离开的雪橇。然而，尽管他心有不快，但却并没有全然沉浸于自身的苦难之中，而是对他人的工作也兴致盎然。他针对我的计划问了很多问题，我也把自己为数不多的经历都坦诚地告诉了他。他似乎对于我给予他的信任很是满意，给我的计划提了些改进建议，我也发现这些建议十分受用。他举止毫不卖弄，所做的一切似乎都只是发自于对身边之人与生俱来的关怀。他常常为阴郁笼罩，于是便一个人坐着，试图克服情绪中一切不悦人、不合群的部分。这些情绪在他身上发作又抽离，就像云层从太阳前飘过一般——只不过忧伤从未离他而去。我一直在努力赢取他的信任，我也相信我成功了。一天，我跟他提到说我总是渴求找到一位朋友，希望他可以与我共情，给我忠告，指引我前行。我说，我不是会因为别人提建议就感觉被冒犯的那类人。"我是自学成才，或许自己的能力也没有那么靠得住。所以我希望我的同伴可以比我更聪慧，也更有经验，能认可我、支持我。我也不觉得交到真正的朋友是不可能的事。"

"我同意你说的。"这位陌生人回答道，"我相信友谊不仅令人心驰神往，而且也是可以得到的。我曾有过一位朋友，堪称世人中最为高尚的存在，我也由此有资格去评判这样的友谊。你拥有希望，拥有眼前的世界，你没理由绝望。可我——我已经失去了一切，也无法重启人生了。"

他一面这样说着，一面显出冷静自若的哀伤神色来，触动了我的心灵。可他却不再言语，很快又回到了他的船舱里。

即便他已经失魂落魄，但也没有人比他更能深切体悟到自然之美。星空、大海，还有这些绝美地方的每幅景象似乎都足以让他的灵魂浮空而起、远离尘世。这样一个人的存在具有两面性：他或许会受苦难折磨，被失望压倒；可当他回归自我之时，他就会像光环加身的圣灵一般，此间既无伤悲，也无愚念。

你会嘲笑我对这位神圣的流浪者表现出来的狂热之情吗？若你笑我，那你定是失去了你那为人纯朴的迷人品质。不过，如果可以的话，请对着我字里行间流露出的温情付之一笑吧——而我每天都能找到新的理由反复讲述这些事。

17xx 年 8 月 13 日

昨天，那位陌生人对我说："沃尔顿船长，你大概很容易就能察觉到，我遭受了非同寻常的巨大不幸。我曾一度下定决心，要把这些罪恶的记忆带进坟墓里去，可你赢得了我的信任，让我改变了主意。你就像曾经的我一样，追求知识与智慧。我衷心希望，当你如愿以偿之时，不会像我那样，愿望变成了毒蛇，反咬我一口。我不知道讲述自己的不幸是否能对你有所帮助，不过若你有意，那就听听我的故事吧。我相信其间的奇闻逸事能够给你提供一种自然观，或许能增强你的能力，拓宽你的认知。你会听到在这之前你认为绝不可能存在的力量和事件，不过我深信，我故事里的各个事件凭其本身便可自证其真实性。"

你应该不难想象，他提出要跟我讲这些时，我是有多受宠若惊。可我又不忍心让他讲述悲惨往事，复又加重他的悲痛。但我无比迫切地想要听他讲他答应讲的故事，一半是出于好奇，另一半是因为我若力所能及的话，十分想要改善他的命运。我回答时将这些感受都告诉了他。

"感谢你的同情。"他回答道，"可这无济于事。我的宿命快要终结了。只等了结了最后一桩事，我就可以安息了。"他发觉我想要打断他，又继续说道："我理解你的感受，可你错了，我的朋友啊——你能允许我这样称呼你吧。没有什么可以改变我的宿命。听完我的往事，你就该知道我的命数已定、无可转圜了。"

而后他告诉我，第二天等我有空他就可以开始讲述他的故事。这一允诺令我感激万分。我决心只要没有劳务缠身，就会每晚记录下他白天所言，并尽可能用他自己的话来写。若是事务繁忙，我也至少要记下点笔记。这份手稿无疑会给你带来无上乐趣，可对我而言，我本就认识他，又听他亲自讲述，有朝一日读起之时，我又该有多么兴致盎然又感同身受啊！

17xx 年 8 月 19 日

第一章

　　我生于日内瓦，我的家族是那个共和国里的名门望族。我的祖先常年担任市议员和市政官的职务，而家父也担任过数项公职，声名煊赫。他为人正直，勤政不倦，所有认识他的人都对他十分敬重。年轻时他一直忙于公务，直到步入晚年，才开始考虑婚姻一事，想要给这个国家奉献一些子辈，让他们将自己的美德跟姓名传承给子孙后代。

　　家父的婚姻状况便诠释了其性格，故而我不可对之避而不谈。他有位挚友是个商人，原本过着富足的生活，却由于屡遭不幸而家道中落、陷入贫困。这位先生名叫博福特，曾因地位显赫、光鲜亮丽而在当地备受尊敬，他心性高傲执拗，无法忍受在当地居于贫困、遭人遗忘。于是在以最体面的方式还清债务之后，他就同女儿一道退居到了卢塞恩镇，隐姓埋名地过上了清贫的生活。家父对博福特情深义重，为他遭受不幸而隐居避世的下场深感哀痛。他也为与之断交而颇觉心伤，于是决定要去找到博福特，努力说服他借助自己的声誉和帮助另谋生计。

博福特销声匿迹的功夫很有效，家父花了十个月才找到他的居所。他家住在罗伊斯河畔的一条破败街道上，家父发现时大喜过望，急忙赶了过去。可是等他走进房子里，迎接他的却只有悲痛与绝望。博福特破产时只存下了一笔非常少的钱，不过倒也够他维持几个月的生计。与此同时，他也想在商行找个体面工作。结果这段时间里他却无所行动，反倒因为有空去思虑，愈觉苦大仇深、哀怨难耐。最终，他很快就全然沉溺在了悲痛之中，三个月过后，他就一病不起、动弹不得了。

他的女儿虽是温柔备至地照顾他，却也只能绝望地看着微薄的家产迅速耗尽，看不到其他维持生计的希望。不过卡罗琳·博福特意志非凡，为了支撑自己度过逆境而勇气倍增。她干针线活、用稻草编东西，千方百计赚取微薄报酬，勉强维生。

就这样过了好几个月。她父亲每况愈下，卡罗琳几乎得把全部时间都用来照顾他，于是用以维生的手段就变少了。到了第十个月，父亲在她怀里撒手人寰，留下她一个孤女穷困潦倒。最后一根稻草压垮了她。家父进屋之时，她正跪在博福特的棺材边泣不成声。对于这个可怜的女孩而言，家父的出现宛若守护神降临，她决定接受他的照顾。安葬好他的朋友后，家父把她带回了日内瓦，托了位亲戚安置她。两年后，卡罗琳成了家父的妻子。

待家父当了人夫、做了人父以后，他发现自己的时间被新身份分走了太多，于是便放弃了许多公职，全身心投入到了教育孩子上去。我是家中长子，注定是要继承家父的全部工作跟事业的。世间不会有谁的双亲比我父母更温柔体贴了。他们始终关心我的成长和健康，而我又当了他们好几年的独子。不过在我继续讲述之前，我必须要记下四岁那年发生的一件事。

家父有位十分疼爱的妹妹，她很早就跟一位意大利的绅士成婚了。婚后不久，她就随丈夫一起回了意大利，于是有好些年家父都跟她无甚联系。约莫就在我提及的那年，她去世了，数月过后，家父收到了她丈夫的来信，告知家父他打算迎娶一位意大利女士，请求家父照看故去妹妹留下的独女——尚为婴孩的伊丽莎白。他说："我希望你能把她视如己出，当作自己的亲女儿来教导。她母亲的财产都归她所有，相关文件我会交由你保管。请考虑一下这项提议，再决定你是否更愿意亲自教养你的侄女，还是说想让她由继母带大。"

家父并未犹豫，立即动身前往意大利，将小伊丽莎白接到了她未来的家。我常听家母说，那时的小伊丽莎白是她见过的最漂亮的孩子，甚至已经流露出来了温和讨喜的性子。如此，再加之家母渴望维系起尽可能紧密的相亲相爱的家庭纽带，于是她决定将伊丽莎白视为我未来的妻子——她从未对这一安排有过丝毫后悔。

自那时起，伊丽莎白·拉文萨就成了我的玩伴，再长大一点，便成了我的朋友。她性情温顺，脾气也好，又像夏虫一般快活顽皮。尽管她活泼好动，但情感却强烈深切，性格也异乎寻常地讨喜。没人比她更能享受自由，也没人比她更能从容地服从管束、应对反复无常。她想象力丰沛，实践能力也很出色。她表里如一。她浅褐色的双眼虽同鸟儿一般灵动，却又盈着迷人的柔情。她身材轻盈飘然，虽能承受重重劳碌，看起来却又是世间最为脆弱的人。我一面钦佩她的理解力跟想象力，一面又乐意照顾她——就像照料我最爱的动物一样。我从未见过将身心的优雅结合得如此自然之人。

　　人人都爱伊丽莎白。如果仆人们有任何需求，总是会请她来说情。尽管我们的性格大相径庭，但在不同之中又有某种和谐在，所以一切不和与争执都和我们形同陌路。我比她更冷静自若，但脾气不如她和顺。我努力起来更为持久，但强度却没有她那么高。我乐于探索与现实世界相关的种种事实，而她则忙于追逐各位诗人创作的空中楼阁。世界于我而言是一个谜团，我渴望去探索发现；世界于她而言则是空茫一片，她靠着自己的想象力填补空白。

　　家弟们比我小了太多，不过好在我在学校里还有一位朋友，弥补了这一不足。亨利·克莱瓦尔是家父至交中的一位日内瓦商人的儿子，他是个才华横溢、想象力丰富的男孩。我记得他九岁的时候写了一篇童话故事，叫他的所有小伙伴都又喜又惊。他最爱研读骑士精神类和浪漫主义类书籍。我还记得特别小的时候，我们经常表演他根据这些爱书写出来的戏剧，其中的主角有奥兰多、罗宾汉、阿玛迪斯和圣乔治。

没有谁的童年过得比我更幸福了。我的双亲待我宽厚，我的同伴都很友爱。我们从不被迫学习，而是总能想方设法树立起目标，以此激发学习热情，努力达成目的。我们正是靠着这一方法努力上进，而非是互相攀比。伊丽莎白不是因为同伴可能不如她才被怂恿着学画画的，她学画画是因为想要亲手绘出一些最爱的景色来，以此让舅妈开心。我们学习拉丁语和英语，是为了可以阅读这些语言写成的作品。我们非但没有因为受到惩罚而厌学，反倒是爱上了努力学习，而我们的这些娱乐对其他孩童而言本是辛苦劳作。或许跟受寻常方法教育的孩子们比起来，我们没有读那么多书，语言学得也不够快，但是我们学到的东西都在记忆里留下了更为深刻的印迹。

在谈及我们的家庭生活时，我把亨利·克莱瓦尔也算在了其中，因为他总是同我们待在一起。他与我一起上学，下午一般也都在我家度过。他是家中独子，在家无人做伴，所以他父亲十分乐见他能在我家找到同伴。而克莱瓦尔不在的时候，我们也从来没能全然快乐过。

沉湎于童年往事叫我心生欢喜。那时苦难灾厄还未侵染我的心，我还憧憬着大有可为的璀璨前景，而非在阴郁狭隘中自省自思。但是，在描绘我早年生活的图景之时，我也不能省去一些在不知不觉中使我遭遇不幸之事。因为当我向自己解释后来主宰我宿命的那股狂热从何而起时，我发现它就像一条山涧，发源于几乎被人所遗忘的浅窄的源头；但是小河越流越宽，变成了滚滚洪流，流淌着，冲走了我全部的希望和快乐。

自然科学是支配我宿命的神魔。因此，我想要在叙述中言及那些导致我偏爱这门学科的事实。十三岁那年，我们全家去到托农附近的浴场度假。天公不作美，我们只得在旅馆里待了一天。就在屋子里，我偶然发现了一卷科尼利厄斯·阿格里帕①的作品。我淡漠地翻开了书页，可很快，作者试图证明的理论和讲述的奇妙事例就让我变得兴趣盎然起来。我脑海中似乎有一道新的曙光闪过，于是便欣喜若狂地把自己的发现讲给了家父听。这里我不得不提一下，教师们本有诸多机会可以引导学生关注有用的知识，可他们却全然视而不见。家父漫不经心地扫了眼那本书的封面，就说道："啊！科尼利厄斯·阿格里帕！我亲爱的维克多，别在这上面浪费时间了，这就是一团糟透了的垃圾。"

倘若家父并未这样言说，而是不厌其烦地同我解释，告诉我阿格里帕的原理已经被尽数推翻，现代科学体系业已问世，且远比古代科学更加强有力——因为古代科学只是天马行空的空想，现代科学才切实可行。这样一来，那我肯定会将阿格里帕弃之不顾，大概会转而带着热忱的想象力投入到更为理性、源自现代科学发现的化学理论研究中去。甚至我的思想轨迹也有可能永远不会受到那股致命冲动的干扰，不会推着我走向毁

---

① 科尼利厄斯·阿格里帕（1486—1535 年），德国神秘学家、炼金术士，在世期间被广泛批判为江湖骗子，死后则有众多传说缠身。——译者注

灭。可是家父只对我的书卷投以匆匆一瞥，我根本无法信服他是熟知书中内容的，所以我就继续如饥似渴地读了下去。

回到家后，我的第一要务便是购入阿格里帕的全部作品，之后又买了帕拉塞尔苏斯①和艾尔伯图斯·麦格努斯②的著作。我津津有味地研读这些作家天马行空的奇想。于我而言，他们就像是除我之外鲜有人知的宝藏。虽然我时常想要把这些知识秘宝分享给家父，可他对我最钟情的阿格里帕责备得一无是处，往往让我望而却步。于是我向伊丽莎白透露了我的发现，要求她严格保密。可她对这一话题并无兴趣，只徒留我一人继续研究。

到了十八世纪竟然还能出现艾尔伯图斯·麦格努斯的信徒，这看起来似乎很是匪夷所思。但我们家并不信奉科学，我在日内瓦的学校也没有听过相关课程，于是我的梦想并未受到现实阻挠，我开始竭尽全力去寻找魔法石和长生药。不过我的全部心思都用在了寻求长生药上面：财富倒是其次，但若我能为人类被除疾病，叫人们除横死外可以百毒不侵，那么这一发现将会是何等荣耀啊！

这些也不全是我的唯一幻想。我最为钟爱的作家们曾慷慨许诺，要复活幽灵、唤醒魔鬼，而我也急切地想要实现这一愿

---

① 帕拉塞尔苏斯（1493—1541年），瑞士医生、炼金术士和神秘学家，相信长生药的存在。——译者注

② 艾尔伯图斯·麦格努斯（1193/1206—1280年），即大阿尔伯特，德国天主教多明我会主教、哲学家、炼金术士。——译者注

景。要是我总不能施咒成功，我宁可把失败归咎于自身经验不足、出了差错，也不愿归因于我的导师们技巧不精或是在骗人。

我们眼前每天都在发生的自然现象也逃不过我的检验。蒸馏和蒸汽的奇妙效应叫我叹为观止，而我最爱的作家们却对这些过程全然未觉。不过最让我感到惊奇的还是一些与气泵相关的实验，我曾见到我们常常拜访的一位绅士用过它。

早期哲学家对这些事情和一些别的问题的无知，让他们在我这里的信誉有所降低。不过在其他体系占据他们在我心目中的地位之前，我还不能完全将他们弃之不顾。

大约在我十五岁时，我们回到了贝尔里韦附近的家中，目睹了一场最为猛烈可怕的暴风雨。暴雨从侏罗山脉后袭来，四面八方骤响惊雷，声势骇人。风暴持续期间，我一直饶有兴致地观察着暴雨的发展变幻。当我站在门口时，突然看到大概离我们房子二十码①远的地方，有股火光从一棵美丽的老橡树上窜了出来。炫目光芒甫一消失，那橡树就消失不见了，只余下一截被炸毁了的树桩。等到次日早上我们去看时，发现这棵树碎裂得很奇特：它不是被震得四分五裂，而是全部变成了细细碎丝。我从未见过被毁灭得如此彻底的东西。

橡树之灾让我震撼至极。我急切地向家父询问雷暴跟闪电的性质和起源。他回道："电。"同时他也向我讲述了电的各种效用。他造了一台小型电机，做了一些实验展示。他还用金属丝跟绳子做了一只风筝，从云层中把电流引了下来。

----

① 1码 ≈ 0.9144 米。

这最后一击彻底推翻了科尼利厄斯·阿格里帕、艾尔伯图斯·麦格努斯和帕拉塞尔苏斯对我想象力的长期统治。但是冥冥之中，我并不愿着手开始研究任何现代体系。而我之所以提不起劲来则是受到了下述事件的影响。

家父希望我能参加自然科学的讲座课，我欣然同意了。但由于受到一些意外阻挠，我直到快结课时才开始去听讲。因此，临近最后的这场讲座我完全听不懂。教授极其流利地讲述了钾和硼、硫酸盐和氧化物，而我对这些术语毫无概念。所以尽管我还是读普林尼①和布丰②读得兴味盎然——在我眼中他们几乎同等有趣且有用，但我自此开始厌恶自然科学这门科学。

我在这个年纪主要学的是数学和与数学相关的大部分学科。我也忙于学习各种语言：拉丁语对我来说已经是一门很熟悉的语言了，我又开始脱离辞书帮助，阅读一些最简单的古希腊作家的作品。英语和德语我也能完全理解。这就是我十七岁时的成就清单。你可以想见，我的时间全都用在了习得并记住各种文学知识上。

另一项任务也落到了我身上：我成了家弟们的老师。欧内斯特比我小六岁，是我主要要教的学生。他自幼体弱多病，我和伊丽莎白便常常照料他。他性情温和，却完全没办法高强度学习。威廉则是我们家最小的孩子，那时候还是个婴儿。他是世界上最漂亮的小家伙，有着灵动的蓝眼睛，脸颊上带着酒窝，

---

① 普林尼（23—79 年），古罗马博物学家，著有《自然史》。——译者注
② 布丰（1707—1788 年），法国博物学家。——译者注

一举一动都招人喜爱，叫人怎么疼爱都不够。

这就是我们的家庭生活，仿佛永远没有烦忧和苦痛。家父指导我们学习，家母则同我们一起娱乐。谁都不会对对方抱有哪怕一点优越感，我们之间从来听不见发号施令，而对彼此的爱意又让我们都愿意满足对方哪怕是最微不足道的小愿望。

第二章

　　等我长到十七岁时，我的双亲便决定要让我去因戈尔施塔特大学读书。虽然我之前一直念的是日内瓦的学校，不过家父认为，为了接受完整的教育，我也有必要熟悉本国以外的风俗习惯。于是家里很早就把出发的日子定下来了。然而，在定好的日子到来之前，我人生中的第一桩不幸之事就发生了——宛如凶兆一般，昭示着我未来的凄惨。

　　伊丽莎白得了猩红热，不过她病得不重，很快就好了。在她隔离期间，大家都极力劝阻家母不要去照料她。起先她还听劝，然而一听到她最亲爱的宝贝有所好转时，她就再也忍不住了，一定要去陪陪她。危险的传染期还远没过去，她就进了伊丽莎白的病房。如此贸然行事带来的后果是致命的。到了第三天，家母就病倒了。她烧得要命，看护脸上的神色都预示着最坏的结果。临终前，她躺在病床上，这位可敬的女人依旧坚强又慈爱。她把伊丽莎白和我的手握在了一起。"我的孩子们啊，"她说，"我最大的愿望就是你们以后能成婚，往后便能幸福了。如今我这盼头也成了你父亲的慰藉了。伊丽莎白啊，我亲爱的，请务必替我照料好你的表弟们。唉！我就要离开你们了，真是遗憾。我一直被大家爱着，过得很幸福。如今要离开你们所有人，又何谈易事？不过这些也不是我现在该想的了。我要努力含笑赴死，毕竟我还能怀着希望，期待在另一个世界里再见到你们。"

她走得很平静。即便已经逝去，她的面容依旧慈祥。我不必赘述最亲密的纽带被不可挽回的灾祸撕裂是什么感受，不必说直击灵魂的空虚，也不必说脸上会展现出来怎样绝望的神色。大脑要花很长一段时间才能接受这样一个事实：我们朝夕相见的这个人，我们生存与共的一部分，真的永远地离我们而去了——慈爱双眸中的光彩永远灭掉了，如此熟悉亲切的嗓音也归于寂静了，我们再也听不到她说话了。这些都是最初几天的一些念头。等到时间流逝证明这场灾祸真真正正地发生了，切切实实的悲苦才开始涌现。可是啊，谁又不会被那粗鲁的手夺去至亲至爱之人呢？我又为何要讲述所有人都要经历、也必然会经历的一种伤悲呢？那一刻终于到来了：悲伤不再是必需，反成了一种放纵；我们不用再压住嘴边扬起的笑容了，哪怕笑会被当作对亡者的不敬。家母已经故去了，可我们还有自己应尽的职责。我们必须同剩下的人一起继续以后的人生。在死神还没有捉住我们之前，我们要学着相信自己是幸运的。

之前我去因戈尔施塔特的行程因为这些事情而推迟了，如今便又提上了议程。我获得了家父的首肯，得以暂缓几周出行。这段时间里大家都过得很哀伤：家母去世，我又即将启程，这些都让我们感到心情郁郁。不过伊丽莎白在竭力让我们的小家庭重焕生机。自从她舅妈去世后，她就获取了新的力量，变得更为坚定了。她决定要一丝不苟地履行自己的义务，她也觉得自己被委以了重任，要让舅舅和表兄弟们开心起来。她安慰我，逗她舅舅开心，教导我的弟弟们。她一直努力给他人带来快乐，到了全然忘我的程度，我从未发现她如此迷人过。

启程离家的日子终于还是来了。除了克莱瓦尔，我已经跟所有朋友道了别。他同我们一道度过了临行前的最后一晚，沉痛哀叹了不能陪我一起去的这件事。他没法说服他父亲放他走，因为他想让克莱瓦尔当自己的生意伙伴，如此才切合他最喜欢的理论——对日常商业活动而言读书无用。亨利颇有教养，无意闲散度日，也很乐意帮他父亲做生意，但他相信一个人可以在当优秀的商人的同时，也能陶冶自己的心智。

我们坐到了很晚，听他抱怨，也给未来做了很多小规划。第二天一早我就启程了。泪水从伊丽莎白的眼中滚落，一方面是因为我的离别而悲伤，另一方面是因为她想起了我本该在三个月前就踏上这一旅程，也本该有家母的祝福相伴。

我把自己扔进了载我离开的轻便马车里，沉浸在了最为忧伤的哀思之中。我一向得到亲朋好友的关心照顾，也一直努力给彼此带来欢乐，可现在我却孤身一人了。在我要前去的大学里，我必须自己结交朋友，也要自己保护自己。迄今为止，我一直过着离群索居的生活，囿于小家之中，这就让我对于接触新面孔十分抗拒。我爱我的弟弟们，爱伊丽莎白，也爱克莱瓦尔。他们都是我"熟悉的老面孔"[①]。但我认为自己完全不适合跟陌生人交往。我在行程伊始思索的就是这些东西。不过一路前行着，我的精神又振奋了起来，对未来又充满了希望。我热切渴望着汲取知识。在家时，我常常觉得青春大好，很难把自己禁锢在一处。我总是渴望踏入人间，在世人之中确立自己的位置。如今我已经得偿所愿，要是反悔的话，未免也太蠢了。

旅途漫长，令人疲乏。前去因戈尔施塔特的路上，我有足够的时间可以思考这些东西，也能想很多别的。终于，城里高耸的白色尖塔映入了我的眼帘。我下了车，由人领进了自己的单身公寓里，开心地度过了此夜。

翌日早上，我递了几封介绍信，拜访了一些重要的教授。其中就有自然科学教授克伦佩先生。他彬彬有礼地接待了我，提了一些问题，问我在自然科学不同分支中的学习进展。我真有点害怕，战战兢兢地提了几个相关领域的作者，我也就读过

---

① 诗歌《熟悉的老面孔》（1798 年）是英国作家查尔斯·兰姆的代表作，描写了对遥不可及的过去的怀念和付出的惨痛代价。——译者注

这几个作者的著作。教授瞪大了眼，对我说："你真就把时间花在研究这种无稽之谈上了吗？"

我做了肯定的回复。"你浪费在这些书上的每分每秒，"克伦佩先生继续和蔼道，"那都是彻彻底底、完完全全地浪费掉了。你现在满脑子都是些被推翻了的体系和无用的名称。老天啊！你是困在了怎样的荒漠里啊，都没人好心提醒你这些虚妄之作都是上千年前的老东西了吗？陈腐到老掉牙的东西你却还读得这般如饥似渴。我真想不到在这么一个文明开化的科学时代还能找到一个艾尔伯图斯·麦格努斯和帕拉塞尔苏斯的信徒。我亲爱的先生，你必须全盘开始重新学习。"

他边说着边走到了一旁，写下了一份与自然科学相关的读书清单，希望我能把这些书弄来看。他提到自己有意在下周初开设一门课程，讲授自然科学的基本关系，他不在的时候，他的同事瓦尔德曼教授则会来讲授化学。然后他就把我打发走了。

我回了家，也不失望，其实我也早就觉得教授如此强烈诋毁的那几个作者无甚用处了。但是根据他的推荐买来的那几本书，我也没有很强的学习欲望。克伦佩先生是个矮胖的小个子男人，嗓音粗哑，面目可憎，所以我先入为主，就没对这位老师的学说有好感。此外，我也看不起当代自然科学的种种应用。古时的科学大师寻求永生和力量，这样的想法虽然无用，但也算了不得。而如今景况已大不相同，现在的求索者们似乎只囿于驱散那些我最感兴趣的科学幻想。我被要求放弃漫无边际的天马行空，转而追求无甚价值的现实。

这就是我在近乎独处的前两三天里的所思所想。然而随着新一周的到来，我就想到了克伦佩先生跟我提到的课程。虽然我不乐意去听那个自负的矮东西在讲台上说话，但我想到了他说过的瓦尔德曼先生。他一直都不在城里，所以我还没见过他。

一半是出于好奇，一半是因为无所事事，我还是去了报告厅，不久后瓦尔德曼先生就进来了。这位教授跟他的同事大不相同，看起来五十岁左右，面相和蔼至极。他的太阳穴上盖着少许白发，后脑勺的头发却几乎都是黑的。他虽个子矮小，但身姿挺拔，嗓音也是我所听过的最为悦耳的。讲座开始时，他先简要回顾了一下化学史以及不同学者做出的种种贡献，饱含激情地念出了做出最杰出发现的化学家的名字。然后他粗略讲述了一下这门学科的现状，解释了很多基本化学术语。做完几个预备实验后，他又对当代化学大加赞颂，以此作结。他的这一席话令我永生难忘——

他说："这门科学的先师曾许诺，要完成诸多不可能之事，但最终一事无成。现代的大师们很少许诺，他们知道点石不能成金，长生药也是异想天开。这些科学家长了手似乎也只能沾沾尘土，眼睛也只会盯着显微镜或坩埚看，但他们确确实实创造了奇迹。他们进到了大自然深处，揭示了自然在隐秘之处是如何运转的。他们登上了天际，他们发现了血液循环的方式，发现了我们呼吸的空气的性质。他们获得了几乎无穷尽的新力量，可以指挥天雷，模拟地震，甚至用虚无缥缈之物来模仿看不见的世界。"

我心满意足地离开了。我对瓦尔德曼教授和他的讲座非常满意，当天晚上就去拜访了他。他私底下的举止甚至比在公开场合更为温和迷人。讲课时他的神情中还自带一些威严，等到了自己家里，就变得极其和蔼可亲、慈眉善目了。他聚精会神地听我简述自己的研究，在听到科尼利厄斯·阿格里帕和帕拉塞尔苏斯的名字时莞尔一笑，却并没有像克伦佩先生那样不屑一顾。他说："现代科学家拥有的知识基础，很大部分都得益于这些人孜孜不倦的热忱。他们留给我们的任务轻松了不少，我们只要给在很大程度上都是他们努力揭示的事实命个名、分个类就好。无论方向错了多少，天才的努力最终几乎都能切实地造福人类。"听其发言，丝毫不见自以为是或矫揉造作之处。听罢我又补充说，他的讲座消除了我对现代化学家的偏见，同时我也就应当购入什么书籍向他寻求了建议。

　　瓦尔德曼先生说："我很高兴能收下一位学生。如果你的勤奋配得上你的能力，那我毫不怀疑你能取得成功。化学这门分支在自然科学中已经取得了最好的进展，也是最有可能取得成绩的学科。正因如此，我才专门研究化学。不过与此同时，我也没有忽视其他的科学分支。如果一个人仅仅专注于化学这一门人类知识的话，那他就只能做一个可怜的化学家。如果你想成为真正的科学家，而不是只个不甚重要的实验员，那我建议你每个自然科学的分支都去学一下，当然也包括数学。"

　　然后他就带我去了他的实验室，跟我解释了一下各种器械怎么用，指导我该买些什么。他还答应我，等我对科学的研究进行得足够深入了，不至于会弄乱这些器械时，就可以来使用他的这些设备了。他也给了我想要的书单，然后我便告辞离开了。

　　令人难以忘怀的一天就这样结束了，我未来的命运就此成为定数。

第三章

从这天起，自然科学——尤其是最广泛意义上的化学——就近乎成了我唯一关注的东西。我如饥似渴地读着那些现代求索者为这些学科写就的才华横溢、明辨哲思的著作。我去听讲座，结交学校里的科学家朋友，甚至在克伦佩先生身上我都发掘到了不少真知灼见。诚然，他的可憎面相和恶心举止也与之相伴，但其见解却并未因之而失色。我发现瓦尔德曼先生是真正可以结交的朋友。他温和有度，毫无教条主义色彩。他教学诚挚，诲人以善，扼杀掉了一切迂腐观念。或许正是因为他太和蔼可亲，我才会更倾向于他所信仰的自然科学分支，而非因我天性热爱这门科学本身。不过我只在求知初期才抱有这样的想法：越是深入科学世界，我就越是专心致志地只为科学本身而追求它。我起初还是出于本分和决心而勤勉努力，如今则已经变得如痴如狂，往往是星星都消失在了晨光中，我还泡在实验室里干活。

如此勤学苦练之下，可想而知我会进步飞快。我激情满满，确实也让同学们讶异；我娴熟专精，又让老师们惊奇。克伦佩教授常含着诡秘的笑容问我，科尼利厄斯·阿格里帕研究得如何了？与此同时，瓦尔德曼先生则会对我取得的进步表示由衷的欣喜。就这样过了两年，其间我没有回过日内瓦，而是全身心地投入到了研究之中，希望有所发现。只有亲历者才会懂得科学有多诱人。若是其他研究，你只能比肩前人，而后就再没什么可以知道的了；但在探索科学的道路上，却能不断有所发现、创造奇迹。就算一个人天资平平，但只刻苦钻研一门学问的话，那也定会在这门学问上大有造诣。而我不断追求一个目标，也只专心于此，所以进步神速。于是两年过后，我在改良一些化学仪器方面已经有些成绩，故而在学校里颇受尊敬、备受仰慕。走到这一步时，我对自然科学的理论和实践都已了如指掌，达到了因戈尔施塔特的任何教授上课能讲到的水平，继续待在那里已经无益于我的进步了。我想要回到我的朋友身边，回到家乡去，可这时发生了一件事，让我在那里继续逗留了下去。

人体结构是我尤为关注的一个现象，事实上，我对任何有生命的动物都很关注。我常问自己，生命的法则源自何处？这个问题很大胆，也一直被视为一大谜团。但若非胆小怯懦、粗心大意阻碍了我们的求索之路，又有多少东西马上就要为我们所知晓了？我在脑海中回想着这些问题，决心从此以后要更加投入到与生理学相关的自然科学分支学科中去。要不是我热忱到超乎寻常，否则投身于此定会叫我感到厌烦，甚至难以忍受。想研究生命之源，我们就必须要先求助于死亡。我熟习了解剖学，但这还不够，我还必须要观察人类尸体的自然衰败与腐烂。家父在我的学习过程中采取了最好的预防措施，以免超乎自然的恐怖事物影响到我的心灵。记忆里我从未因迷信故事而发过抖，也从未恐惧过鬼魂现身。黑暗对我的幻想毫无影响，教堂墓地于我而言不过是失去生命的尸体存放处，而尸体也不过是从美丽与力量的所在变成了虫豸的食物。如今，我被指引着去研究尸体腐败的原因和进程，不得不在停尸房和地下墓室里度过日日夜夜。我集中精力，研究人类脆弱的情感最难以忍受的每一个细节。我看到了人类的美好形体是如何退化消瘦的，我看到了生机绽放的脸颊被腐朽的死亡所取代，我看到了眼睛和大脑的奇妙之处被虫豸所继承。我停了下来，研究分析由生到死、由死转生这一因果间的一切细枝末节，直到黑暗中突然迸发出了一束光来，洒向了我——多么璀璨又奇妙的光啊，却又是如此简洁。当我为其展现出来的广阔前景而头晕目眩之时，我惊讶地发现，在众多研究这一学科的天才之间，独我一人发现了这般石破天惊的秘密。

请记住，我没有在记录疯子出现的幻觉。我现在坚称的绝对是真的，比太阳在天上照耀着我们这一事实还要真。这也许是某种奇迹使然，但各个发现阶段清晰明了，很有希望实现。我夜以继日，付出了难以置信的辛劳过后，我成功发现了繁殖和诞生之源。不，更重要的是，我自己也能给没有生命的东西赐予生机了。

起初，我还对这一发现感到讶异，但很快就变得欣喜若狂了起来。在辛苦付出了这么久之后，能一下子登上理想之巅，便是我艰苦工作最圆满的收获。然而这是如此伟大又颠覆性的发现，以至于我一步步达成它的过程都被抛之脑后了，我眼前看到的只有这一结果。创世以来最为聪明的人所研究和渴望的东西，现在就在我的股掌之间。不是说就像变戏法一样，大幕一拉，我眼前就一下子什么都有了。我获取到的信息与其说是在展示已达成的目标，不如说本质上是在我投入精力找寻目标时，引导我该向哪里努力。我就像是跟死人埋在一起的那个阿拉伯人①，仅凭一束看似无用的微光就找到了一条生路。

我的朋友啊，你是如此急切，眼神中流露着惊奇和憧憬，我看得出来，你想要知晓我所知道的这个秘密。但这是不可能的：耐心听完我的故事，你很容易就能明白为什么我会在这个问题上有所保留了。我不会再像当年那样毫无戒备、满腔热情地把你也引向毁灭和无可避免的劫难了。如果不听信我的规劝，那至少也要从我的经历中吸取教训，明白获取知识能有多危险，而跟渴望超越自身天性的人相比，相信自己的家乡就是全世界

---

① 指《一千零一夜》中的航海家辛巴达。——译者注

的人又该有多幸福。

当我发现自己手握如此惊人的力量之时，我犹豫了很久，思考该怎样使用它。我虽然拥有了创生之力，但还要准备一具骨架来容纳生命，还要包含所有错综复杂的纤维、肌肉和血管，这仍旧是一项艰难到难以想象的工作。起初我还会犹疑，该不该尝试创造一个像我一样的生命，还是说造一个组织结构更简单的生命。但我因为成功了一次，想象力突飞猛进，以至于不再怀疑自己能不能赋予像人类这样复杂精妙的动物以生命了。目前我手头的材料似乎难以胜任如此艰巨的任务，不过我毫不怀疑我最终会取得成功。我已经做好了遭受重重挫折的准备：我可能会在操作上不断受挫，我的工作可能最后也不会尽善尽美。不过，当我想到科学和机械领域每天都在取得的进步时，我又受到了鼓舞，期望我现在的尝试至少能为将来的成功奠定基础。而且我也不能因为我的计划规模大又复杂，就断言其不切实际。正是怀着这样的心情，我开始创造人类。由于身体部件太过微小，极大地拖累了我的速度，我便决定一反初衷，要把这个家伙做成个巨人身材——也就是说，身高约莫八英尺①，各部位也要相应地大一些。下定决心后，我花了几个月的时间成功收集整理了制作材料，而后开始造人。

没有人能想象到，在最初的成功激情之下，有多少种复杂感情像飓风一样裹挟着我前行。生与死在我看来是理想的界限，我也应当首先冲破这界限，让光明的洪流倾泻到黑暗的世界中

---

① 1 英尺 =0.3048 米。

去。会有新的物种奉我为造物主、视我为生命之源，为此赞颂我；诸多幸福又卓越的生灵都将因我而存在。没有哪位父亲能像我这般可以全盘获得自己孩子的感激，我也值得他们的感激。继续思考这些问题的同时，我也在想，如果我能赋予没有生命的物质以生命，那随着时间的推移（虽然我现在发现这是不可能的），我或许也能让已经因死亡而腐败的尸体重焕生机。

在我以不懈的热情追逐事业之时，这些想法支撑着我的精神。沉迷研究让我的脸色苍白，足不出户使我的身体变得憔悴。有时我功败垂成，但我仍抱有希望，相信明天或是下一个小时就有可能成功。独我一人掌握的秘密就是我为之献身的希望所在。月亮凝视着我在午夜劳作，而我毫不松懈、屏息凝神，急切地追寻着大自然的秘密，直到其藏身之处。谁能想到我的秘密劳作有多可怖呢？我在阴湿污秽的墓地里跋涉，折磨活生生的动物，来赋予没有生命的黏土以生机。此刻我四肢颤抖，因为回忆而双目眩晕。可那时，一股无可抵挡、近乎疯狂的冲动催着我前进。我似乎失去了全部的灵魂和感知，只余下了这唯一的追求。事实上，那只是一种稍纵即逝的恍惚状态，一旦这种非自然的刺激不再起作用，我就恢复了原来的习惯，感觉才重新敏锐起来。我从停尸房里收集骨头，用渎神的手指搅乱人体的巨大秘密。屋顶的一个单间——或者说是小房间，是用一条长廊和楼梯与其他房间隔开的，我就把那里当作了污秽的创生工坊。为了处理这项工作中的细节，我的眼球都快要从眼眶里跳出来了。解剖室和屠宰场为我提供了诸多材料。出于人性，我常常厌恶自己的所作所为，可与此同时，我的渴望却在不断增长，我又会受此鼓动。我的事业已经接近尾声。

就在我如此全心全意忙于这项追求之时，夏天过去了。那是最为美丽的季节，田野前所未有的丰收，葡萄也从未如此茂盛，可我的双眼却对大自然的魅力无动于衷。同样的感受让我忽视了身边的风景，也让我忘记了那些远在千里之外、久未谋面的亲友们。我知道自己沉默不言让他们颇为不安。家父所言我记得很清楚："我知道你心满意得之时，也会心怀爱意、念着我们，我们也能定期收到你的来信。如果我因为你中断了通信，就视你也同样忽视了其他职责的话，请一定原谅我。"

因此，我很清楚家父会怎么想，但却无法从自己的事业上分出心思来。这份工作本身令人作呕，但却无可抗拒地占据了我的想象。我希望先搁置一切与爱意相关的事情，直到这个吞噬掉我全部生性习惯的伟大目标实现为止。

那时我认为，如果家父把我的疏忽怠慢归咎于我自身行差踏错，未免有失公正。但现在我确信，他认为我应当受到指责也是有道理的。臻于完美之人应当始终保持冷静平和之心，绝不该任凭激情或瞬间的欲望扰其静水。我认为追求知识也不应成为这条规则的例外。如果你所从事的研究会削弱自身情感，毁掉你对不掺杂质的简单快乐的体味的话，那么这种研究肯定是不合法度的，也就是说，并不切合人心。如若能一直遵守这条规则，如若能禁止所有人追求有碍其平静的家庭之爱的事情，那么希腊就不会被征服，恺撒会让国家幸免于难，美洲只会被逐渐发现，墨西哥和秘鲁帝国也就不会倾覆。

我在故事行至最有趣的部分开始说教了。你的表情提醒了我，我该继续讲下去了。

家父没有在信中斥责我，只是注意到了我沉默不言，于是相较过往，特别询问了一下我的工作情况。冬天、春天、夏天都在我的碌碌劳作中逝去了。我没有去看花开，也没有去看叶生——明明这些景象一度总让我喜不自禁——我太过沉浸于自己的事业了。在我的工作临近尾声前，那年的树叶已经枯萎了。如今，每一天都在更为清晰地向我展示，我已经取得了非常显著的成就。但我的热情又为焦虑所压抑，我看起来更像是个在矿山或是其他有损身体健康的行当中艰苦劳作的奴隶，而不像是从事自己挚爱工作的艺术家。每天晚上我都被慢性发热所压迫，神经紧张到痛苦万分。这病让我更为懊悔，因为在此之前我一向身体强健，总是自诩神经坚韧。但我相信，运动和娱乐很快就会消除这些症状。我向自己保证，等我完成创生之举后，我会好好锻炼，放松一下。

第四章

　　那是十一月的一个阴沉的夜晚，我注视着自己辛勤劳作的成果。我焦虑万分，心急如焚地将身边的创生工具收拢来，以便为躺在我脚边那了无生气的东西注入生命之火。已经是凌晨一点了，雨凄切地下着，拍打着玻璃窗，我的蜡烛也几乎要燃尽了。就在这时，在半明半灭的微光中，我瞧见这活物睁开了昏黄的眼。它呼吸沉重，痉挛着抽动着四肢。

　　我应当如何描述身处这场灾难中的心情呢？我又该如何描摹自己如此煞费苦心创造出来的这怪物啊？他的四肢协调匀称，我也尽力将他的五官安排得俊美。俊美！——苍天啊！他黄色的皮肤简直遮不住下面的肌肉和动脉；他的头发乌黑发亮又飘逸；他的牙齿洁白如玉。可这些单独看起来美丽的器官与他那对暗白色的眼窝中的水泡眼、皱巴巴的脸色，还有僵直的黑嘴唇形成了恐怖对比。

生活中的种种意外并不像人类的情感那般易变。我辛辛苦苦工作了近两年，只有一个目标，那就是要给没有生命的躯体注入生命。为此，我剥夺了自己的休息时间，牺牲了健康，热切地盼望着，到了远超寻常的地步。可现在我完工了，美梦消散了，我的心都被令人窒息的恐惧和厌恶填满了。我无法忍受自己创造出来的这东西的模样。于是我冲出了房间，在卧室里踱来踱去走了很久，根本无法安然入睡。最终倦意还是袭来了，代替了我之前的心烦意乱，我和衣倒在了床上，想要寻求片刻忘怀，却不过是徒劳罢了。我确实睡着了，但却被最狂野的梦境所烦扰。我觉得自己见到了伊丽莎白，她容光焕发，走在因戈尔施塔特的街道上。我又喜又惊，一把抱住了她。可当我在她唇上印下初吻之时，她的双唇却变得铁青，染上了死亡的色调。她的容颜似乎也变了，我以为怀里抱着的是已故的家母的尸体。她的身上包着一件裹尸布，我瞧见绒布的褶皱里爬满了尸虫。我从睡梦中惊醒，满心恐惧，额头上沾满了冷汗，牙齿颤颤，四肢抽搐。就在此时，昏黄的月光透过百叶窗射了进来，我借此瞧见了那倒霉鬼——那个我创造出来的可悲的怪物。他拉起了床帘，双眼——若能称之为眼睛的话——紧盯着我。他张了张嘴，喃喃地发出一些含糊不清的声音，还咧嘴一笑，把双颊都挤出了皱纹来。他可能说了些什么，但我没听见。他伸出一只手来，看样子是想要扣住我，但我逃开了，冲下了楼梯。我躲进了住处的院子里，当晚剩下的时间我都待在那里，焦躁不安地走来走去。我聚精会神地聆听着，捕捉每个声响，又害怕听到动静，因为那仿佛是在宣告那具我如此痛苦地赋予了生命的魔鬼行尸来了。

嗬！没有凡人能承受得住那恐怖的面容。就算是木乃伊复生了，也不可能像那倒霉鬼一般狰狞。我曾在未完工时打量过他，那时他就很是丑陋，但等到那些肌肉和关节能够活动之时，他就变成连但丁都构想不出来的东西了。

我跟个衰货似的度过了当晚。我有时脉搏跳得很快很急，甚至觉得每根动脉都在悸动；有时我又无精打采、虚弱万分，几乎要瘫倒在地上了。我感到此般恐惧与失望的苦涩交织缠绕。长期以来一直滋养着我、供我惬意休憩的梦境，现如今却成了我的炼狱。而且这一切变化来得如此之快，颠覆得如此之彻底！

天总算是亮了，早上又阴又湿。我的眼睛因为失眠而疼痛，触目所见是因戈尔施塔特的教堂。我看到教堂白色的塔尖，挂钟显示现在是六点。看门人打开了院子大门，我就是在这里彻夜避难的。我快步走上街头，仿佛是想要避开那怪物。走到每条街道的转弯处，我都害怕会撞见它。哪怕雨水从叫人不舒服的漆黑天空中倾盆而下，将我淋了个透，我也不敢回自己住的房间，只觉得被催赶着要走快一些。

我就这样继续走了一段时间，想要让身体动起来，好减轻心头重担。我穿梭于大街小巷，完全意识不到自己身在何处，也不知道自己在做什么。我心惊胆战，步履不稳地匆忙前行，根本不敢环顾四周：

> 好比某个人，行在孤独路
> 于惧怕中走
> 也曾回首来，又继续往前行
> 他不再转头回
> 因知有个可怕魔鬼
> 就在他身后紧赶追[①]

就这样走着走着，我终于来到了一家旅馆对面，那里通常都停着各种公共驿车和马车。也不知道为什么，我在这里停了下来。我待了几分钟，盯着一辆马车——它从街道另一头向我驶来。马车越来越近，我发现那是一辆瑞士公共驿车。车子就停在了我站的地方，车门一打开，我就看到了亨利·克莱瓦尔。他一瞧见我便立刻跳下车来，喊道："我亲爱的弗兰肯斯坦啊！见到你我真是太高兴了！我可真走运，一下车就看到你在这儿！"

能见到克莱瓦尔，我欢喜到无以复加。他这一出现，我又想起了家父，想起了伊丽莎白，想起了记忆中家里的一切亲切

[①] 出自英国诗人柯勒律治的长诗《老水手之歌》。诗中的老水手射杀了信天翁，被认为是因此招惹了灾祸。——译者注

的场景。我抓住了他的手，顷刻间忘却了自己的恐惧和不幸。数月以来，我第一次感受到了恬然自得。于是我以最大的热情欢迎了我的朋友，然后我们向我的学校走去。克莱瓦尔继续谈论了一会儿我们的共友，也讲了他是如何有幸获准前来因戈尔施塔特的。他说："你大概能想到吧，要说服我父亲相信——除了记账，一个商人也有必要懂点别的东西——该有多难。其实，我觉得他到最后都不怎么信服，因为我不厌其烦地恳求他一遍又一遍，而他的回答总是一成不变，就跟《威克菲尔德的牧师》中那位荷兰语教师说的一样：'不会希腊语，我一年也能挣一万弗罗林。不会希腊语，我也能吃个痛快。'不过最终他还是太爱我，胜过了他对学习的嫌恶，所以他允许我踏上探索之旅，前往知识的国度。"

"见到你我再高兴不过了。不过请告诉我，你离开时，家父、家弟，还有伊丽莎白的状况如何？"

"他们很好，也很开心，只是因为很少听到你的消息，所以略感不安。对了，我还想亲自替他们训你一下呢。不过，我亲爱的弗兰肯斯坦，"他顿了顿，好好打量了我的脸一番，然后继续说道，"我之前没注意到你看起来病这么重，这么瘦弱，这么苍白。你看起来好像已经熬了好几个通宵。"

"你猜得不错。如你所见，我最近一直忙着一项工作，太过投入其中了，所以没有让自己休息够。不过我希望、我真诚地希望，所有的这些工作现在都了结了，我也终于能自由了。"

我抖得很厉害，不忍回想，更不忍再提及昨夜发生的事情。

我健步如飞，很快我们就到了我的学校。这时我想到，留在房间里的那个东西可能还在那里，还活着，还在四处走动。我不禁打了个寒战。我害怕看到这怪物，但我更害怕亨利会看到他。于是我恳请他在楼下先多待几分钟，然后飞快冲向了自己的房间。回过神来之前，我的手就已经搭在了门锁上。然后我停住了，一阵冷战席卷而来。我猛地推开了门，就像孩子们以为会有鬼站在门后等着时那样。但是什么都没有出现。我战战兢兢地走了进去：房间里空无一人，我的卧室里也没有了丑陋的客人。我简直不敢相信自己能走这么大的好运。不过待我确信我的敌人果真逃走了，我就高兴得直拍手，立马跑下了楼去找克莱瓦尔。

我们上楼进了房间，不久，仆人就送来了早餐。可我控制不了我自己。我不仅欣喜若狂，还感到肉体因过度敏感而刺痛，脉搏也在狂跳。我片刻都无法保持安静。我在椅子间跳来跳去，拍手大笑。起初，克莱瓦尔还以为我是为他的到来而异常欢欣，但细细观察一下，他就看到我的眼中有一种他无法解释的狂野，而我放声大笑，无拘无束、旁若无人，让他感到又惊又怕。

"我亲爱的维克多啊，"他喊道，"老天，这是怎么回事啊？别这样笑了。你病得好重！这一切都是怎么了？"

"别问我，"我大喊，双手捂在眼前，因为我以为自己看到那可怕的幽灵溜进了房间，"他可以告诉你。——啊，救救我吧！救救我！"想象中那怪物抓住了我，我猛烈挣扎，然后昏厥倒地。

可怜的克莱瓦尔！他当时又会做何感想呢？他满心欢喜地期待着同我见面，却莫名其妙地变成了一场伤痛。可我没有目睹他的伤悲，因为我已经失去了知觉，很久很久都没有恢复意识。

一场神经性发热就此开始，我因此卧床了好几个月。那段时间里，亨利是唯一来照料我的人。后来我才知道，他知道家父年事已高，不宜长途跋涉，也知晓伊丽莎白会因为我生病而难过万分，所以他瞒下了我的病情，以免他们伤心。他知道，除他以外，我再找不到更为亲和细心的看护了。而且他坚信我能康复过来，他毫不怀疑自己这样做非但没有伤害他们，反而是对他们最为善意的举措。

可其实我病得很重。若非我的朋友无微不至、坚持不懈地关照我，我定是没法起死回生的。我眼前一直浮现着那个被我赋予生命的怪物的模样，我也总是胡言乱语地念叨着他。毋庸置疑，我的所言所语让亨利大吃一惊：他起初以为我是神志不清，在胡思乱想。可我一直执拗地重复同样的内容，他便也信了，我确实是因为某些不同寻常的可怕事件才失常的。

我恢复得极其缓慢，又常常复发，叫我的朋友又是震惊又是哀伤，但我还是恢复了。我还记得，第一次能略带欢欣地观察外面的事物时，我发现落叶已经消失了，为我的窗户遮阴的树上萌生了嫩芽。那是一个动人的春天，对我的康复大有裨益。我也感到胸腔里有欢乐跟爱意在复苏。阴郁消散了，在很短的时间内，我就变得像被那致命狂热侵袭之前一样明朗了。

"最最亲爱的克莱瓦尔，"我感叹道，"你对我真是太亲、太好了。整整一个冬天，你都没能如愿勤学度日，而是耗在了我的病房里。我该怎么报答你啊？我让你失望了，真叫我悔恨莫及，希望你能原谅我。"

"如果你不再糟蹋自己，能够尽快好起来的话，那就是对我全部的报答了。既然你看起来精神这么好，那我应该可以跟你谈一件事了，可以吗？"

我抖了起来。一件事！会是什么事呢？他会不会在暗指一个我连想都不敢想的对象？

"放轻松，"克莱瓦尔注意到了我的神色变化，跟我说，"要是你觉得心烦，那我就不提了。不过要是你父亲和表妹能收到你的亲笔信，他们肯定会非常高兴的。他们不知道你病得有多重，所以你久久不去信，让他们颇为不安。"

"你要说的就只是这件事吗？我亲爱的亨利啊。你怎么会觉得，我最先想到的就不是那些我亲爱的、挚爱的、如此值得我去爱的亲友们呢？"

"我的朋友，如果这就是你现在的心情的话，那你也许会很乐意看到这封信。信已经给你放在这里好些天了，我想，这是你表妹写来的。"

第五章

然后，克莱瓦尔把下面这封信交到了我手上：

致维·弗兰肯斯坦

我亲爱的表哥：

我难以向你描述，我们全家对你的健康状况感到多么的不安。我们不禁猜想，你的朋友克莱瓦尔隐瞒了你的病情，因为我们已经好几个月都没有看到你的笔迹了。这段时间里，你一直不得不口述给亨利来写。维克多，你一定病得很重吧，我们大家都很难过，简直就像你亲爱的母亲过世后那般难过。舅舅几乎都以为你病入膏肓了，他要去因戈尔施塔特看你，差点拉都拉不住。克莱瓦尔总是在信中说你正在好转，我急切地希望你能尽快亲笔写信，证实这一消息。因为真的、真的，维克多，我们都因此痛苦不堪。请将我们从这样的恐惧中解救出来吧，如此我们便将成为世界上最幸福的人。你父亲现在身体强健，自去年冬天以来，他看起来年轻了十岁。欧内斯特的情况也大有好转，你快要认不出他来了。他现在快十六岁了，已经不再像几年前那般病恹恹的，而是变得相当健壮活泼。

昨晚，我和舅舅就欧内斯特应该从事什么职业聊了很久。他小时候常年多病，没有养成勤勉努力的习惯。现在他身体好了，就经常在户外活动，爬爬山，或是在湖上划划船。因此，我便建议他去当农夫。表哥，你也知道，这是我最喜欢的方案。农夫过着十分健康快乐的生活，也是最为无害，或者可以说是最有益处的职业。舅舅曾想让他接受律师教育，欧内斯特或许可以凭他的关系当名法官。但是，除了他根本不适合这样的职业，为人类的生计耕耘大地，肯定要比成为人类恶行的知情人，有时甚至是帮凶更值得称赞——说的就是律师这份职业。我说，要是能当一位事业有成的农民，即便算不上多光荣，那至少也比当法官更幸福，因为法官的不幸之处在于总是要与人性的阴暗面打交道。舅舅笑着说，我才应该当一名律师，我们这才结束了有关这一话题的讨论。

现在我必须要给你讲个小故事，你听了应该会开心，或许也会觉得有趣。你还记得贾丝廷·莫里茨吗？也许你不记得了，所以我要先用几句话讲讲她的经历。她的母亲莫里茨夫人是个寡妇，有四个孩子，贾丝廷是老三。这个女孩一直是她父亲最钟爱的孩子，可是出于某种古怪心理，她的母亲容不下她，在莫里茨先生去世后对她非常不好。舅妈发现了这一点，便在贾丝廷十二岁的时候说服了她母亲，让她住到了我们家里。我们国家实行共和制，所以礼仪风俗要比周边君主制国家盛行的更简单，也更叫人快乐。因此，我们国家不同阶层居民之间的差别更小，下层人民既不会太贫穷，也不那么受人轻视。他们的举止更高雅，也更有道德。在日内瓦所谓的"仆人"跟法国和英国的"仆人"含义并不相同。贾丝廷就这样被我们家收留，学会了仆人的种种职责。在我们这个幸运国度，她这样的身份并不意味着无知，也不意味着要牺牲做人的尊严。

　　讲完了这些后，我敢说你肯定还记得我这小故事中的女主人公吧——因为你一度最喜欢贾丝廷了。我记得你曾经说过，如果你心情不好，只消贾丝廷看你一眼，你就能云开雾散，就跟阿里奥斯托①称颂安杰莉卡②的美貌时所用的理由一样：她看起来是那么心思澄澈，又是那样的欢快。舅妈对她产生了浓厚的感情，因此让她接受了远超最初打算的教育。这种恩惠得到了充分的回报。贾丝廷是世界上最知恩图报的小家伙了。我不是说她嘴上说了点好听的，我也从来没听她说过什么。但你可以从她的眼神中看出来，她简直是在崇拜自己的这位保护人。

---

① 卢多维科·阿里奥斯托（Ludovico Ariosto，1474—1553年），意大利诗人，其代表作有长篇传奇叙事诗《疯狂的奥兰多》（Orlando Furioso）。
② 《疯狂的奥兰多》中的女主人公。

虽然她性格大大咧咧，在很多地方也考虑不周，但她对舅妈的一举一动都极其上心。她把舅妈视作一切优秀品质之典范，努力模仿她的言行举止，所以至今她还常让我想起舅妈来。

我最亲爱的舅妈去世时，大家都太过沉浸于自己的悲痛之中，无暇顾及可怜的贾丝廷。舅妈生病期间，她一直忧心忡忡地照顾着她。可怜的贾丝廷病得很重，但却还有其他的考验在等着她。

她的兄弟姐妹接连去世，除了这个被忽视的女儿，她的母亲再也没有别的孩子了。这个女人良心不安起来，她开始认为自己爱子爱女的死是上天对她偏心的惩罚。她是罗马天主教徒，我认为听她忏悔的神父也证实了她的想法。于是，在你动身前往因戈尔施塔特的几个月后，贾丝廷就被她悔过自新的母亲叫回了家。可怜的姑娘啊！她离开我们家时潜然泪下。自舅妈去世后，她就变了很多。一度举止活泼大方的人，如今则因伤悲多了份柔和，变得温柔动人了起来。她在母亲家生活也没能快活起来。她母亲这个可怜的女人忏悔得摇摆不定，有时恳求贾丝廷原谅她的不近人情，但更多的时候又指责贾丝廷害死了她的手足。长期焦躁之下，莫里茨夫人终于垮掉了。起初她是脾气变得更加暴躁，可现如今她已经永远安息了。去年初冬，她就在严寒初袭时去世了，贾丝廷便回到了我们身边。我向你保证，我十分疼爱她。她非常聪明又温柔，而且还绝顶漂亮。我前面也跟你提到过，她的神态表情还总是让我想起亲爱的舅妈。

我亲爱的表哥，我还得再跟你讲一讲宝贝小威廉。真希望你能亲眼见见他。他在自己的同龄人里算长得相当高的，有着甜甜的蓝色笑眼，睫毛乌黑，头发卷曲。他的脸蛋红扑扑的，很是健康，笑起来的时候，脸颊上就会漾起一对小酒窝来。他已经有了一两个小"妻子"了，不过他最爱的还是五岁大的漂亮小姑娘路易莎·拜伦。

亲爱的维克多，我敢肯定，现在你想要听一点日内瓦的名人雅士的逸闻趣事了。漂亮的曼斯菲尔德小姐即将与年轻的英国绅士约翰·墨尔本先生成婚，她已经在接待前来祝贺的拜访者了。她的丑姐姐玛侬去年秋天嫁给了有钱的银行家杜维拉德先生。自打克莱瓦尔离开日内瓦后，你最喜欢的同学路易斯·马诺瓦遭逢了几次不幸。不过他已经重整旗鼓了，据说马上就要迎娶一位非常活泼美丽的法国女人塔弗尼尔夫人为妻。她是个寡妇，比马诺瓦要年长不少，但非常受人钦佩，很是人见人爱。

亲爱的表哥，我已经写得开心了起来，但在搁笔之前，我还得再度焦急地询问一下你的健康状况。亲爱的维克多，如果你不是病得很重的话，就亲自提笔写封信来吧，让你父亲和我们大家都高兴一下。否则……我不忍心去想另一种可能，我的眼泪都已经掉下来了。再会，我最亲爱的表哥。

伊丽莎白·拉文萨

17xx 年 3 月 18 日于日内瓦

"我最最亲爱的伊丽莎白啊！"读完她的来信后，我惊呼出口，"我要马上写信去安抚一下，他们一定焦心极了。"我便写了信，而这就已经让我疲惫不堪了。不过我已经开始康复，情况也很稳定，再过两个星期，我就能离开自己的房间了。

康复后，我的第一要务就是把克莱瓦尔引荐给学校里的几位教授。做这事让我经历了又一次打击，令我已经伤痕累累的心灵很是不适。自从那个致命夜晚之后，虽然我辛苦的工作结束了，但我的不幸开始了，我甚至对自然科学这个名字都产生了强烈的反感。等到我差不多都康复了，只要一看到化学仪器，神经上的一切痛苦病症就还会再度发作。亨利看出了这点，把我的所有仪器都搬离出我的视线。他还给我换了房间，因为他察觉到我厌恶以前当作实验室的屋子。可当我去拜访教授们时，克莱瓦尔的这些关怀就都无济于事了。瓦尔德曼先生亲切热情地称赞我在科学上取得的惊人进步，令我备受煎熬。他很快就注意到我不喜欢这个话题，却没有猜到真正的原因，只归结于我太谦虚了，于是又把话题从我的进步转移到了科学本身上去，显然是想要引我开口。我能怎么办呢？他本是想要我开心，实际上却折磨着我。我觉得他就像是在把那些以后要用来缓慢又残酷地置我于死地的工具，一个一个小心翼翼地放在我眼前。我因他的话难受不堪，却不敢表现出来。克莱瓦尔善于观察、心思敏锐，总能迅速洞察到别人的情绪。他借口自己对此一无所知，婉拒了这一话题，于是我们的谈话才转向了更广泛的话题。我打心底里感谢我的朋友，但却没有说出来。我心知肚明他很讶异，但却从未试图要套出我的秘密来。而我虽然喜爱他，无限地爱他敬他，却始终无法说服自己向他吐露真相。那件事在我记忆中频频浮现，而我担心向别人细说只会叫我加深印象。

克伦佩先生就不那么温和了。我那个时候几乎敏感到了难以承受的地步，他那尖锐又赤裸的褒奖简直比瓦尔德曼先生的善意赞许更令我痛苦。"这家伙哟！"他嚷道，"哎呀，克莱瓦尔先生，我向你保证，他已经超越了我们所有人了。好啊，想瞪大眼睛就瞪吧，反正我说的都是事实。一个几年前还把科尼利厄斯·阿格里帕奉为圭臬的年轻人，现在已经在全校里拔尖了。如果不尽快把他拉下来，我们都要颜面扫地了。——是啊，是啊，"他发现我神色难受，又继续说道，"弗兰肯斯坦先生很谦逊，这是年轻人的优秀品质。年轻人就不该太自信，你也是知道的，克莱瓦尔先生。我年轻的时候也这样，但很快这品质就消失殆尽了。"

克伦佩先生现在开始讴歌他自己了，很是愉快地将谈话从我厌恶的话题上岔开了。

克莱瓦尔不是自然科学家。他的想象力太过丰沛，不适宜钻研科学上的细枝末节。他主修语言，试图掌握语言的基础知识，为日后回到日内瓦自学开辟一片天地。完美掌握了希腊语和拉丁语后，他又开始关注波斯语、阿拉伯语和希伯来语。就我自己而言，无所事事曾一度令我厌烦，现如今我却想远离思考，还恨上了之前的研究。而能跟朋友成为同学，让我如释重负。我在东方学家的作品中不仅受到了教诲，还得到了安慰。

他们忧郁起来抚慰人心，快乐起来又极其振奋精神，我从未在研读他国作者作品时体验过此等感受。当你读他们的作品时，你会感到生活就像是置身于煦日下的玫瑰园中，又像是与一位势均力敌的对手粲然一笑，抑或像被一团熊熊燃烧的火焰吞噬心灵。这些作品的风格与古希腊、罗马气势宏伟的英雄史诗相比是多么不同啊！

夏天就在阅读这些作品的过程中过去了。我原定于秋末返回日内瓦，但由于几次意外而延期了。冬雪已至，道路不通，我的行程被推迟到了来年春天。此番拖延叫我痛苦不已，因为我渴望回到我的家乡，见到我心爱的朋友们。我之所以拖了这么久没回去，是因为我不愿把克莱瓦尔留在人生地不熟的地方，我想等他跟当地人混熟了再走。好在这个冬天我过得很愉快。虽然春天来得异常晚，但春临之时，美不胜收，弥补了她的姗姗来迟。

五月肇始，我每天都在盼着那封确定归期的信。这时亨利提议去因戈尔施塔特周边徒步一下，我也能亲自跟这个居住已久的国家道个别。对此我欣然同意。我喜爱运动，在故乡的美景中漫步时，我便一直最喜欢有克莱瓦尔做伴。

我们徒步漫游了两周。我的身体和精神都早已恢复，又因呼吸到清新空气、行程中遇见种种自然现象，以及同友人互相交谈而体力更强。学习曾让我与世隔绝，变得不善交际，但克莱瓦尔唤起了我心头更美好的情感，又教我去热爱自然之景，爱上孩童们的欢快脸庞。挚友啊！你是多么诚挚地爱着我啊，你努力提升我的境界，直到我跟你的思想水平比肩。自私的追求束缚了我，让我变得狭隘，直到你以柔情爱意温暖了我，打开了我的心扉。我又变成了几年前那个快乐的自己，会爱人，也被大家爱，无忧亦无虑。快乐的时候，无人的自然环境也能给我带来最愉悦的感受。天空晴朗，田野葱翠，令我心醉神迷。现下的季节真是美极了：树篱中春花绽放，夏花也已含苞。过去一年，种种思绪如不可战胜的重担一般压在我的心头，怎么努力都甩不掉，而如今，我不再受其烦扰了。

亨利欣喜于我的欢快，真诚地同我共情。他竭尽全力逗我开心，也表达自己心头的感想。这种情况下，他脑海中储备的资源实在是令人惊叹。他说起话来想象力满满，常常模仿波斯和阿拉伯的作家，编造出奇思妙想、激情四射的故事来。有时他会反复吟咏我最爱的诗歌，抑或是引我与他辩论，并能极其巧妙地论证自己的观点。

我们是在一个周日的下午回到学校的。农民们在跳舞，我们遇到的每个人看起来都快乐又幸福。我自己也情绪高涨，一路蹦跳着，肆意挥洒，欢欣雀跃。

第六章

待我回来后，发现了下面这封来自家父的信：

致维·弗兰肯斯坦

亲爱的维克多：

你大概等定下归期的信已经等得不耐烦了吧。起先我本只想写上寥寥数语，提一下等你回家的日期就算了。可这样就会是一种残忍的善意了，我也不敢这样做。我的儿啊，当你期待着一个幸福快乐的欢迎仪式时，看到的却是泪水和凄凉，你会有多惊诧啊？维克多，我该怎样讲述我们的不幸呢？你虽然不在我们身边，却不会因此而对我们的喜怒哀乐麻木不仁，我又怎么能让一个离家在外的孩子承受痛苦呢？我想要你对此噩耗有所准备，但我知道这是不可能的。甚至是现在，你都在一目十行扫过信纸，找寻向你传达这一可怕消息的字句。

威廉死了——那个讨人爱的孩子，他笑起来叫我欢喜又暖心。他那么温和，又那么快乐！维克多，他被谋杀了！

我不会试着安慰你，但我要简述一下事情的经过。

上周四（5月7日），我跟外甥女还有你的两个弟弟去普兰帕拉斯散步。这天傍晚，和煦静谧，我们比平时走得要更远一些，等到想起要回去时，已经是黄昏时分了。这时我们才发现一直走在前面的威廉和欧内斯特不见了。于是我们就坐着休息，等他们回来。不久，欧内斯特回来了，问我们有没有看见他弟弟。他说他们一直在一起玩，后来威廉跑开躲了起来，他怎么都找不到，后来他又等了很久，但威廉都没有回来。

这番话叫我们惊慌失措。我们继续去找他，找到了夜幕降临，伊丽莎白猜他可能已经回家了，但他不在家里。我们打着火把又回来了。一想到我的小可爱走丢了，还要一个人面对更深露重，我就歇不下来。伊丽莎白也痛苦万分。凌晨五点左右，我找到了我可爱的孩子，前一天晚上我看到他时还生机勃勃、健康活泼，如今他却躺在草地上，面色铁青，一动不动——凶手的指痕就印在他的脖子上。

他被运回了家。我脸上的痛苦太明显，把这秘密泄露给了伊丽莎白。她执意要看尸体。起初我还想阻止她，但她坚持要看，走进了停尸的房间，匆匆检查了一下被害人的脖子，而后攥紧了双手惊呼道:"啊,老天哪!我害死了这亲爱的孩子!"

她晕了过去,好不容易才醒过来。等她再醒过来时,只余哭泣和叹息。她告诉我,当天晚上威廉一直缠着她,要戴她那条挂着你母亲微型画像的项链。这画像已经不在了,毋庸置疑,就是它诱使凶手行凶。尽管我们毫不松懈地努力找寻凶手,但目前还是没有他的任何踪迹,而且这些也都无法让我心爱的威廉活过来了。

回来吧,最最亲爱的维克多,只有你才能安慰到伊丽莎白。她哭个不停,非要怪自己害死了威廉,她的话声声刺痛我心。我们都很难过,不过,儿啊,这难道不会成为你回来安慰我们的又一动力吗?你亲爱的母亲!唉,维克多!我现在要说,感谢苍天,让她没有活着目睹她最小的宝贝惨死!

回来吧,维克多,别想着要如何报复杀手,带着平静柔和的情绪回来吧,这样才不至于加剧我们心灵的创伤,这样才有助于愈合伤处。我的朋友,步入哀悼中的家里来吧,不过你要带着对爱你之人的善与爱,别带来对仇敌的恨。

你深情而痛苦的父亲

阿方斯·弗兰肯斯坦

17xx 年 5 月 12 日于日内瓦

在我读这封信时,克莱瓦尔一直在观察我的表情。他惊讶地发现我刚收到亲友们的来信时还很喜悦,后来却变得绝望。

我把信扔在了桌子上，双手捂住了脸。

"我亲爱的弗兰肯斯坦，"看到我痛哭流涕，亨利惊叫出声，"你怎么老是不高兴？我亲爱的朋友，发生什么了？"

我示意他把信拿去看，自己则在房间里盘桓不定，痛心疾首。等克莱瓦尔读到我的不幸遭际时，泪水也从他的眼中涌了出来。

"我没办法安慰你，我的朋友，"他说，"这灾祸已经无可弥补。你打算怎么办呢？"

"马上回日内瓦。跟我一起去订马车吧，亨利。"

我们一路走着，克莱瓦尔努力想让我振作起来。他不是说些寻常的安慰话，而是展现出了最为真挚的同情心。"可怜的威廉啊！"他说，"那么可爱的孩子，现在和他天使般的母亲长眠在一起了。他的朋友们在哀悼落泪，但他已经安息了。他现在感觉不到凶手紧掐着他了。草皮覆着他柔软的身躯，他再也感知不到疼痛了。他不用再受人怜悯了。幸存者才是最受折磨的，对他们来说，时间才是唯一的解药。斯多葛学派的那些格言——诸如死亡并非坏事啊，人应当在心灵上超越永失所爱的绝望啊——不应该强加于人。毕竟就连加图也会为他兄弟扶尸痛哭。"我们匆忙穿过街巷之时，克莱瓦尔如是说道。这些话深深地印在了我的脑海里，日后我孑然一身时仍能记起。可现在，马车一到，我就匆匆上了车，同我的朋友道了别。

我的归程万分凄切。起初，我很想回去安慰我挚爱的陷入哀伤的亲友，所以想要尽快赶路。可近乡之时，我反倒放慢了车速。我难以承受涌上心头的万般滋味。年少时熟悉的一幕幕场景闪现而过，可我已经近六年没见过这些情景了。这六年里，万事万物都会发生怎样的变化呢？一场突如其来、叫人悲伤的变故已经发生了，而数以千计的小事又可能在潜移默化中带来其他改变。这些变化尽管悄无声息，但并非无足轻重。恐惧笼罩着我，我不敢再向前行了，我害怕会有无数不可名状的坏事发生。我虽然说不清是什么事，但却因此瑟瑟发抖。

就在这样的痛苦心绪下，我在洛桑停留了两天。我盯着湖面沉思：湖水平静，四周寂然，作为"大自然宫殿"①的那些雪山也未曾变移。宁静又美丽极了的景象让我渐渐缓了过来，我继续向着日内瓦进发。

道路沿着湖畔延展开来，越是接近家乡，湖面就越窄。我愈发清晰地看到侏罗山脉两侧生黛、勃朗峰山顶泛光。我像个孩子般哭了起来："亲爱的群山啊！我美丽的湖啊！你们是如何迎接自己的游子归来的？你们的山顶清晰明朗，天空和湖泊湛蓝平静。这是在预示着风平浪静，还是在讽刺我的不幸？"

我的朋友，若是再赘述这些前事，我怕会讲得太过乏味。可那已经是相较而言的幸福时日了，现在回想起来，我都能心情愉悦。我的祖国，我挚爱的祖国！只有我的同胞才能明白，再度瞧见你那涓涓溪流、你那巍巍群山，尤其是你那动人的湖泊之时，我是多么欢喜啊！

可是随着离家越来越近，悲伤和恐惧又再度笼罩了我。夜

---

① 引自拜伦的长篇叙事诗《恰尔德·哈洛尔德游记》。——译者注

色也袭来了，等到几乎瞧不见黛色群山之时，我便更觉郁郁了。眼前是一片庞大昏暗的邪恶图景，我隐隐约约预见到自己注定要成为最凄惨的人。唉！我一语成谶，只有一处想错了，那就是我想象中所怕的一切苦难，连自己注定要承受的痛苦的百分之一都不及。

　　到达日内瓦附近时，天已经完全黑了。城门已闭，我只得在离城东半里格①远的塞克隆村过夜。天色清朗，我无法入睡，便决定去看看我那可怜的威廉惨遭杀害之地。我没法穿城而过，只得乘船渡湖，去往普兰帕拉斯。在这短短的航途中，我看到勃朗峰顶亮起了闪电，倩影美不胜收。风暴似乎很快将至，于是上岸后我就登上了一个小山坡，方便观察雨势进展。风暴逼近，天边乌云密布，不久我就感到有大颗大颗的雨点缓缓滴落，但很快雨势就更凶猛了。

　　尽管黑暗每分钟都在加深，风暴每分钟都在加剧，雷声在我头顶炸响，震耳欲聋，我还是离开了原地，继续前行。雷鸣在萨莱夫山、侏罗山脉和萨伏依地区的阿尔卑斯山之间回响，鲜明的闪电闪花了我的眼，点亮了湖面，看起来像是一片巨大的火海。然后刹那之间，似乎万事万物都变成了漆黑一片，直到双眼从之前的闪光中恢复过来。风暴一下子出现在了天上的好几个地方，这在瑞士颇为常见。最猛烈的风暴正好盘旋在城镇以北，就在贝尔里韦岬角和科佩特村之间的湖面上。另一场风暴则用微弱闪光点亮了侏罗山脉，还有一场风暴则将湖东的

① 里格，旧时长度单位，1 里格约合 3 英里，或 4.8 千米。——译者注

尖峰莫勒山时隐时现。

我一面望着如此美丽又骇人的风暴，一面步履匆匆地前行。天边发起的这场鏖战振奋了我的精神，我双手合十，放声大喊道："威廉，天使宝贝啊！这是你的葬礼，这是你的挽歌啊！"就在我说这些话时，我注意到暗处有个身影从我身边的树丛后偷偷闪了出来。我站定了，凝神细看——我不会弄错的。一道闪电照亮了那东西，让我清清楚楚地看到了它的样子：身躯巨大，面容畸形，狰狞丑陋，绝非人类。我立时就明白了，这就是那怪物，那个我给了他生命的污秽恶魔。他在那里干什么？他会不会就是（我不寒而栗地想到）杀害我弟弟的凶手？这个念头甫一闪过，我就确信不疑了。我牙齿打战，不得不靠在一棵树上支撑自己。那身影很快就从我身边掠过，昏暗中失去了踪影。只要是个人都不会毁掉那个美好的孩子的。他就是凶手！我毋庸置疑。这念头只消出现，便成了这一事实的铁证。我想过要去追那魔鬼，但定会徒劳无功，因为又一道光闪过，我发现他正悬在近乎垂直的萨莱夫山上向上爬。普兰帕拉斯南临此山，他很快就爬上了山顶，然后消失不见了。

我仍旧一动不动。雷声停歇了，雨却还在下，穿不透的浓重黑暗笼盖四野。我一直想要忘却的事情此刻又在脑海中回旋：我造物的全过程，我亲手造出的东西出现在我床边，复又离开。从他初获生命的那一夜到现在，近乎两年的时间过去了。这是他第一次犯下罪行吗？唉！我放生了一个以屠杀为乐的魔鬼到这世上。难道不是他杀了我的弟弟吗？

没人能想象，在这又冷又湿的雨夜，我在野外经受了怎样的苦痛。其实我并没有觉得天气有多不便，而是忙于想象邪恶又绝望的种种场景。我把这东西丢进了人间，赋予了他行凶作恶的意志和力量，他现在就已经犯下了这般罪行。简直就像是我自己化作了吸血鬼，像是我自己的灵魂从坟墓中释放了出来，被迫去摧毁我所珍爱的一切。

天光破晓，我径直向城中走去。城门已开，我匆匆赶往父亲家。我的第一个念头是要曝光我所知道的凶手的相关信息，而后立即对其展开追捕。可一想到不得不讲的故事时，我又顿住了。午夜时分，一个由我亲手创造、又赋予了生命的东西，在人迹罕至的绝壁间同我相遇。我又想起自己创造他的时候，正是我被神经性发热击倒之时，如此便会让这个本就完全不可能发生的故事又添一分神经错乱的色彩。我很清楚，如果是其他人跟我讲这个故事，我肯定也会觉得他一定是精神失常了在胡言乱语。再者，即便我足够可信，能够说服我的亲属开展行动，但这怪物本性奇异，也能躲掉一切追捕。况且追又有什么用呢？谁能抓住一只可以攀上萨莱夫山的悬崖峭壁的怪物呢？这些想法坚定了我的决心，我决意保持缄默。

踏入父亲家时，约莫是早上五点。我嘱咐仆人不要打扰他们，然后走进书房，等他们惯常起床的时间到来。

六年已逝，恍如一梦，只留下了一道难以磨灭的痕迹。我站在去因戈尔施塔特之前最后一次拥抱家父的地方。我可亲可敬的父亲啊！他仍旧在我身旁。我注视着壁炉架上家母的画像。

这是幅历史题材的画作，是按照我父亲的意愿绘制的，画中的卡罗琳·博福特跪在她死去的父亲的棺椁旁，绝望而痛苦。她衣着朴素，面色苍白，但却自有一种高贵的美丽，叫人连怜悯之心都难生出来。这幅画下面放着威廉的微型画像，看着它，我泪流满面。我正无法自拔时，欧内斯特进来了。他听说我到家了，就急忙来迎接我。见到我他喜中带悲，他说："欢迎回来，我最最亲爱的维克多。啊！真希望你三个月前就回来了，那样你就会看到我们都很高兴、都很开心。可是现在我们开心不起来了。恐怕迎接你的不是笑容，反倒是泪水了。我们的父亲看起来很是悲伤，这可怕的不幸似乎又让他想起了妈妈去世时的悲痛。可怜的伊丽莎白也伤心欲绝。"欧内斯特一边讲着，一边开始啜泣了起来。

"别这样，"我说，"别这样迎接我。试着平静一点，免得我阔别如此之久，一进家门就悲痛欲绝。不过，告诉我，父亲是怎么承受这些不幸的？我可怜的伊丽莎白又如何了？"

"她真的很需要抚慰。她很自责，说是她害死了弟弟，因而难受万分。不过既然凶手已经找到了——"

"凶手找到了！老天哪！怎么可能呢？谁能追得上他啊？不可能的。要追上他，那还不如去追风，或是用稻草截住山涧呢。"

"我不知道你是什么意思。不过发现是她时，我们都很不高兴。一开始根本没人信，即便是现在，哪怕所有的证据都摆出来了，伊丽莎白也不信。确实啊，谁会相信贾丝廷·莫里茨那么好脾气、又深得我们全家喜欢的一个人，会一下子变得如此之坏呢？"

"贾丝廷·莫里茨！可怜的姑娘，可怜的姑娘啊。她就是被告吗？可这不对啊。大家都知道不对吧，没有人会相信吧，是吧，欧内斯特？"

"一开始是没人相信，可是后来发生了一些事情，我们基本上也就不得不信了。而且她自己的行为也混乱不堪，让事实证据更加可信，恐怕便也无从质疑了。不过她今天就会受审，到时候你就都能听到了。"

他讲到，就在发现可怜的威廉遇害的那天早上，贾丝廷病倒了，卧床不起。过了几天，一个仆人在检查谋杀案发生的当晚她穿的衣服时，在她的口袋里发现了家母的画像，根据推断，这就是凶手的杀人动机。这位仆人立刻就把画像拿给了另一个仆人看，那人一句话都没跟我们家里人交代就去找了治安官。有他们宣誓作证，贾丝廷就被逮捕了。面对事实指控，这个可怜的女孩举止极度混乱，在很大程度上坐实了自己的嫌疑。

这是个离奇的故事，但也并没有动摇我的想法。我认真地回答他说："你们都弄错了，我知道凶手是谁。贾丝廷啊，可怜又善良的贾丝廷是无辜的。"

就在这时，家父进来了。我看到他愁容满面，却还是尽力强颜欢笑来迎接我。互相问候致哀后，我们本该聊点那场灾祸之外的话题，可是欧内斯特却惊呼道："天哪，爸爸！维克多说他知道谁是杀害可怜的威廉的凶手了。"

"不幸的是，我们也知道了，"家父回答道，"其实我宁愿永不知情，也不愿发现我如此珍视的人竟是这般堕落、忘恩负义。"

"我亲爱的父亲，你弄错了，贾丝廷是无辜的。"

"倘若她是无辜的，老天也不会允许她蒙冤受苦。她今天就要接受审判，我也希望——我由衷地希望她能无罪释放。"

这番话让我平静了下来。我脑中坚信，贾丝廷——乃至全体人类，都没有犯下这起谋杀。因此，我也毫不担心会有任何旁证足以给她定罪。有此作保，我便冷静了下来，积极期盼着审判到来，完全没有料想过会有不好的结果。

伊丽莎白很快就加入了我们。自我上次见她以来，岁月已让她的容貌发生了巨大变化。六年前，她还是个长相漂亮、脾气又好的女孩，人人都爱她、亲近她。现如今，从身材和面容上看，她都已经是个女人了，美丽到超乎寻常。她额头宽阔，显示出她的善解人意、性情坦率。她的眼睛是淡褐色的，流露出温和的神情，而现在又因最近遭逢苦厄，平添了一分哀伤。她的头发是浓郁的红褐色，肤色白皙，身材纤细、体态优美。她满怀深情地欢迎了我，说："亲爱的表哥啊，你回来了，我又满怀希望了。也许你能找到什么办法，为我可怜又无辜的贾丝廷开脱一下。唉！如果她都被判有罪了，那谁又能是无辜的呢？我坚信她和我一样清白。祸不单行，我们不仅失去了那个可爱的宝贝小男孩，而且我真心爱着的这个可怜的女孩也要被更残酷的宿命夺走了。如果她被判了刑，我就再也体会不到快乐了。但不会的，我相信她不会有罪的。这样的话，即便我的小威廉已经悲惨离世了，我也还能再快乐起来。"

"她是无辜的，我的伊丽莎白啊，"我说，"这一点会得到证明的。什么都不用怕，她肯定能被无罪释放，你也借此振奋一下精神吧。"

"你真是太善良了！其他人都相信她有罪，叫我很是难过，因为我知道这是不可能的。看到其他人都偏听偏信、如此固执，我真是非常无助和绝望。"她哭道。

"宝贝外甥女，"家父说，"把眼泪擦干吧。如果她真像你相信的那样无辜，那就相信我们的法官会公正断案吧，审判中出现任何一点偏颇我都会阻止的。"

第七章

　　我们在悲伤中度过了几个小时，直到十一点钟审判开始。家父和家里其他人必须作为证人出庭作证，我则陪同他们去往法庭。在这整场对正义的可悲嘲弄中，我深受折磨。我那好奇心和无法无天的手段诞下的果，是否会让我的两个同胞失去生命，全都有待判决：他们一个是笑盈盈的小宝宝，满满的天真欢乐；另一个可能会死得更惨，变得声名狼藉，若被坐实，此事实是骇人听闻、令人难以忘却。贾丝廷是位出色的好女孩，品性优良，本可以幸福度日。而现在，这一切都要被抹杀在耻辱的坟墓中了，而我就是那个罪魁祸首！我宁愿承认上千次是我自己犯下了归咎于贾丝廷身上的罪行，可案发时我并不在场，如此宣称只会被看作是疯子在胡言乱语。她因我受罪，我却没法这样为她开脱。

贾丝廷神情镇定。她身着丧服，容颜一贯迷人，又染上了庄严肃穆的思绪，更显美丽动人。尽管有上千人注视着她、咒骂着她，但她看起来坚信自己是清白的，毫不慌张。她的美貌本能激发出旁观者的善意来，可他们却想象着她所犯下的滔天大罪，这将人们所有的善意都抹杀掉了。她很平静，可显然平静得很勉强。鉴于之前因为慌乱不堪而被援引为罪证，所以这次她整理好了思绪，想让自己看起来勇敢些。走进法庭时，她环视了一周，很快就找到了我们坐的地方。看到我们时，似乎有滴泪珠模糊了她的眼，但她很快就平复了下来。满脸深情，带着忧伤的神情，似乎就在证明她全然无罪。

审判开始了。控方律师陈述了对她的指控后，又传唤了几名证人。好几件对她不利的奇怪事实糅在了一起，若非像我这样掌握了能证明她清白的证据，是个人都会大吃一惊。案发当晚，她整夜都在外面，到了临近清晨时，一位赶集的妇女看到她就在离被害人尸体发现地的不远处。那妇女问她在那里做什么，而她神情十分怪异，只回了个含糊不清、莫名其妙的答案。约莫八点钟的时候，她回到了家里。有人询问她在哪里过的夜，她回答说她一直在找那个孩子，还恳切地询问是否有听到关于他的半点消息。看到孩子的尸体时，她陷入了剧烈的歇斯底里之中，在床上一躺就是好几天。这时法庭出示了仆人在她口袋里发现的那幅画像做证据。伊丽莎白用颤抖的声音证明，这幅画像正是她在孩子失踪一小时前套在他脖子上的时，一片惊恐又愤慨的喃喃声充斥了整个法庭。

贾丝廷被传唤来为自己辩护。随着审判的进行，她的脸色也变了。惊讶、恐慌、痛苦都强烈地涌现了出来。有时她强忍着泪，可是要求她申辩时，她复又攒起劲来，用一种虽然不稳但却清晰可闻的嗓音说道：

"老天知道我有多清白。但我不奢望我郑重声明一下就能证明自己无罪。我要简单明了地解释一下不利于我的事实，以此证明自己的清白。我也希望，不管在什么情况下，出现不确定或可疑之处时，我一贯的品性能够让法官们倾向于做出对我有利的解释。"

她接着说道，她在伊丽莎白的允许下，于案发当晚去了离日内瓦约莫一里格远的舍内村，去她姨妈家度过了傍晚时光。大概九点钟的时候，她在回来的路上遇到了一个男人，问她有没有看到过那个走丢的孩子。这个消息把她吓坏了，于是她花了好几个小时去找他。日内瓦城门关闭后，她不愿意叫醒熟识的居民，所以当晚不得不在一间农舍的谷仓里度过了几个小时。她休息不了，没法入睡，便早早离开了栖身之所，好再努力找找我弟弟。如果说她走近过威廉尸体所在的地方的话，那她也并不知情。赶集的妇女询问她时，她神志不清也并不奇怪，因为她已经度过了一个不眠之夜，可怜的威廉也生死未卜。至于说那幅画像，她没办法解释。

"我知道，"这位不幸的受害者继续说道，"这样的情况对我来说有多严重、多致命，但我无力解释。我说完自己对此一无所知后，能做的也就只是猜测它被放在我口袋里的种种可能。但这里我也卡住了。我相信自己在这世上没有树敌，也没有人会坏到要这么过分地毁掉我。是凶手放在那里的吗？我不知道他哪来的机会做到的。就算有，为什么他要偷走珠宝，然后又这么快就丢掉了呢？

"我将诉讼事由交给法官明断，可却看不到任何希望。我请求能够传唤几位证人，为我的品行作证。尽管我愿意起誓说，若我不是清白的，那我的灵魂就永远得不到救赎，但如果他们的证词不能推翻我所谓的罪行，那就定我的罪吧。"

几位证人被传唤到庭。他们认识贾丝廷多年，都对她赞誉有加。但出于恐惧，且认定她犯了令人憎恨的罪，他们畏首畏尾，不愿出庭作证。伊丽莎白眼看连这最后的筹码——贾丝廷的优良品性和无可指摘的行为都无法为她洗脱罪名了，于是纵然十分焦虑不安，她也还是希望法庭能允许她发言。

她说："我是那个不幸被杀害的孩子的表姐，说是姐姐也行，因为自他出生起，甚至在他出生很久以前，我就一直和他的父母住在一起，受他们教诲。因此，可能有人会认为我在这个场合站出来并不妥当。但是，看到自己的同胞因为她所谓的朋友怯懦软弱而行将消逝时，我希望能够允许我发言，让我能说出我所了解的她是什么样的。我和被告很熟。我跟她在同一屋檐下生活，一次住了五年，另一次住了近两年。相处的时日里，她在我看来一直是最可亲、最良善的人。我的舅妈弗兰肯斯坦夫人病危之时，她悉心照料，尽心尽力。后来她自己的母亲缠绵病榻，她也全心照料，所有认识她的人都钦佩不已。之后她又住回了我舅舅家，我们全家人都喜爱她。她十分疼爱死去的这个孩子，待他宛如最为深情的母亲一般。就我个人而言，我可以毫不犹豫地说，即便种种证据都不利于她，我也相信并信任她是完全无辜的。她没有任何动机行此举。至于作为主要证据的那个小玩意，如果她真想要的话，我也会心甘情愿地送给她。我就是这样敬重珍视她。"

伊丽莎白太棒了！现场响起了一片啧啧称赞声，可这是为着她的慷慨相助，而非是为了支持可怜的贾丝廷。群众义愤填膺，再度把矛头转向了贾丝廷，纷纷指责她忘恩负义。伊丽莎白讲话时，贾丝廷自己也落泪了，但却并没有回应。在整场审判过程中，我也焦虑不堪、痛苦至极。我相信她是清白的，我知道她是清白的。那个杀害了家弟的恶魔（我毫不怀疑就是他），是否也在他地狱般的消遣中，将无辜者出卖给了死亡和耻辱呢？我受不了自己这可怕的处境了。我意识到民众的呼声、法官们的脸色已经宣判了我那不幸的受害者的死刑时，便痛苦地冲出了法庭。贾丝廷作为被告所受的折磨都不可与我同日而语。她有自己的清白做后盾，而悔恨的尖牙却撕裂了我的胸膛，一直紧咬不放。

我度过了一个痛苦的长夜。我在早上唇干喉燥地去了法庭。我不敢问那个致命的问题，但大家都认识我，那个官员也猜到了我的来意。表决票已经投出来了——全都是黑票，贾丝廷被判有罪。

我当时的感受难以言喻。我之前也感受过恐惧，也一直在努力用恰当的语言表述出来，可我当时所承受的那种令人心碎的绝望，言语根本无法传达。跟我说话的那个人补充说，贾丝廷已经认罪了。他说："案情已经昭然若揭，她的供词基本上可有可无。但我还是很高兴她能认罪。其实不管旁证有多确凿，我们的法官都不喜欢据此来定罪。"

我回到家时，伊丽莎白急切地询问我结果如何。

"表妹啊，"我回答道，"结果正如你可能料想过的那样，所有的法官都宁可让十个无辜者蒙冤，也不肯放过一个有罪之人。而且贾丝廷已经认罪了。"

可怜的伊丽莎白一直坚信贾丝廷是无辜的，这对她来讲是个沉重打击。"唉！"她说，"我要怎样才能再度相信人性之善？贾丝廷啊，我爱她、敬她，待她像我的姐妹一般，她怎么会装出天真无邪的笑脸，只是为了背叛我们吗？她的眼神那么温和，好似根本严厉不起来，也没有任何恶意，可她却犯下了谋杀罪。"

不久后，我们就听闻可怜的受害者表示想要见我的表妹一面。家父希望她不要去，但也说要由她自己的判断和感情来决定。"嗯，"伊丽莎白说，"虽然她有罪，但我会去的。维克多，我要你陪我一起去，我一个人去不了。"一想到要去探望贾丝廷，我就备受煎熬，但我又没办法拒绝。

我们走进了阴暗的囚室，看到贾丝廷坐在最里面的稻草上。

她手戴镣铐，头枕在膝盖上。看到我们进来，她便站了起来。等只剩我们跟她独处时，她就扑到了伊丽莎白脚边，痛哭流涕。我的表妹也哭了。

"噢，贾丝廷啊！"她说，"你为什么要把我最后的慰藉都夺走呢？我相信你是清白的啊。我当时虽然也很伤心，却也不至于像现在这样痛苦哪。"

"那您也相信我如此十恶不赦吗？您也要加入我敌人的阵营，跟他们一起来碾碎我吗？"她的声音因啜泣而哽咽。

"起来吧，我可怜的姑娘啊，"伊丽莎白说，"如果你是无辜的，为什么还要下跪呢？我不是你的敌人。虽然有重重证据在，但我还是相信你是无罪的，直到听说你自己认了罪。你是说那传闻是假的吧，放心，亲爱的贾丝廷，除非你自己认罪，没有什么能动摇我对你的信任，哪怕是片刻。"

"我是认了，但我说的不是真的。我认了罪，才可能获得赦免。但现在，这个谎言比我其他所有的罪孽都要深重，沉沉地压在了我的心头。老天宽恕我吧！自从我被定罪以来，听我忏悔的神父就一直缠着我不放。他威胁我、恐吓我，直到我都要开始觉得我就是他所说的那个怪物了。他威胁说，如果我继续冥顽不化，他就会在我临终时将我逐出教会，把我打入狱火之中。亲爱的小姐啊，没有人支持我。所有人都把我看成注定要蒙受耻辱、万劫不复的浑蛋。我能做什么呢？我在一个坏的时间认下了一个谎言，而现在，我才是真正悲惨至极了。"

她顿了一下，而后继续垂泪道："我的好小姐，您竟然会相信您的贾丝廷——您在天上的舅妈如此引以为荣、您也如此爱着的贾丝廷——会犯下只有魔鬼才能犯下的罪行，我想着都觉得害怕。亲爱的威廉啊！最亲爱的、去了天国的好孩子啊！很快我就会在天上再见到你了，我们在那里都会幸福的。在我即将受辱赴死之际，还好有这能慰藉我。”

“噢，贾丝廷！原谅我曾对你有片刻的不信任吧。你为什么要认罪呢？但也不要哀伤了，我亲爱的姑娘，我会到处宣扬你是清白的，我会逼着大家相信你。可你还是必须要赴死……你啊你啊，我的玩伴，我的朋友，我胜过姐妹的存在啊。我根本承受不了这么可怕的不幸。”

“亲爱的、可爱的伊丽莎白，不要哭泣。你应该让我想想更美好的生活振奋一下，叫我摆脱这不公又纷扰的世间的琐碎烦恼。挚友啊，你不要让我陷入绝望中去。”

“我会尽力安慰你，但是我怕这种不幸太沉痛又太酸楚，一点希望都看不见，根本安慰不了你。不过我最亲爱的贾丝廷啊，愿上天赐你解脱释然，也赐你超脱尘世的信心。呵，我好恨这尘世的假意和嘲弄！一个人被杀害了，另一个人立刻被凌迟处死。而刽子手们的手上沾满无辜者的鲜血，他们还觉得自己做了件了不得的事。他们称之为‘报应’。好可恨的词！这个词被念出来的时候，我就知道，他们要施加的惩罚，要比最阴郁的暴君为了满足自己最强烈的复仇欲而发明的酷刑还要严酷、还要可怕。我的贾丝廷啊，可这对你来说并非安慰，除非你真能为逃离如此凄惨的囚笼而感到光荣。唉！我真想跟我舅妈和我可爱的威廉一同安息，逃离这个可恨的世界，逃离那些我厌恶的人脸。"

贾丝廷无力地笑了笑："亲爱的小姐，这是绝望，而非释然。我学不了你要给我上的这一课。讲点别的吧，讲点能让人平静下来的事吧，不要再徒增伤悲了。"

她们讲话的时候，我退到了囚室的角落去，在那里我可以掩饰住将我的心狠狠攫住的恐惧和痛苦。绝望！谁敢谈绝望？可怜的受害者明日就要跨过生死之间那道可怕的界限了，可她没有感受到像我这样深沉又酸楚的苦痛。我咬牙切齿，把牙齿磨得咯咯作响，发出了一声来自灵魂深处的呻吟。贾丝廷惊得猛然一动。看清是谁后，她走近我说："亲爱的先生，您能来看我真是太好了。我希望您不会认为我是有罪的。"

我没法回答。"不会的，贾丝廷，"伊丽莎白说，"他比我还要更相信你是无辜的。即便是听说了你已经认罪，他也不相信呢。"

"我真的很感谢他。在这最后的时刻，我对那些愿意怀揣善意看我的人感到最诚挚的感激。对我这样一个不幸的人来讲，来自他人的爱意是多么甜蜜啊！我一半以上的不幸都为此消融了。既然我的清白得到了亲爱的小姐您和您表哥的承认，那我觉得我应该可以安然赴死了。"

这位可怜的受难者就这样努力安慰着别人，也安慰着自己。她确实得到了自己想要的解脱释然。但我这个真正的杀人犯却感到胸中有了一条永生的蠕虫，叫我看不到希望，也得不到安慰。伊丽莎白也在垂泪，她也在伤悲，可她的痛苦是纯洁的痛苦，就像云朵飘来暂时遮蔽了明月，却无法玷污月亮本身的光辉。痛苦和绝望已经穿透了我的心脏，我心如地狱，没有任何东西可以消灭它。我们跟贾丝廷一起待了几个小时，伊丽莎白难舍难分，不愿离去。"我想要和你一起去死，"她哭喊道，"我不能再活在这样的悲惨世界里。"

贾丝廷一面装出一副欢欣的样子，一面艰难压抑着酸涩的泪水。她抱住了伊丽莎白，用克制的声音说道："永别了，好小姐，最亲爱的伊丽莎白，我挚爱的、唯一的朋友啊。愿上天慷慨，赐福你、护佑你。愿这是你遭受的最后一场不幸。活下去吧，要幸福啊，也要让他人幸福呀。"

在回家途中，伊丽莎白说："我亲爱的维克多，我相信这个不幸的女孩是无辜的了，你不知道我为此感到多么欣慰。要是我信了她，结果又遭蒙骗，那我就再也无法平静了。就在我相信她有罪的那一刻，我感到了一种难以忍受的痛苦。现在我的心落回来了。虽然无辜之人蒙难，但我认为善良可亲的她并没有辜负我付出的信任，我还是很欣慰的。"

温柔的表妹啊！这就是你的想法，就同你可爱的眼睛和嗓音一般温和。而我——这个不幸的人，没人能想象到我当时承受的痛苦。

（第一卷完）

第二卷

第一章

　　对于人类而言，最痛苦的事情莫过于，接二连三的事情让你百感交集之后，接踵而至的却是一片死寂，灵魂既失去了希望，也失去了恐惧。贾丝廷死了。她安息了，我却还活着。血液还在我的血管里自由流淌，可绝望与悔恨的重担却压在我的心头，什么都无法将之移除。我眼中睡意全无，像个恶灵一样四处飘荡。我犯下了难以言说的恐怖恶行，（我说服自己）后面还有更多、更多的罪孽在等着。可我心中又溢满了仁慈和对美德之爱。我怀揣着善意开启人生，渴望着有朝一日能把善心付诸实践，让自己成为对他人有用的人。而现在一切都毁了：我良心不安，无法再志得意满地回顾过往、从中汲取新的希望；

我被悔恨和罪恶感缠绕着坠入地狱之中，经受着难以言说的痛苦折磨。

这种精神状态折磨着我的身体。我本来都已经从第一次经受的打击中全然恢复了。我避免见到人，一切欢声笑语对我来说都是折磨。孤独——幽深、黑暗、死亡般的孤独是我唯一的慰藉。

家父痛苦地发现我的性情习惯发生了明显变化，他试图跟我讲道理，让我明白过度悲伤是愚蠢的。"维克多，"他说，"你以为我就不痛苦吗？这世间没人比我更爱你弟弟了。"他说话时眼里噙着泪水，"但我们不应该表现得过度悲伤，免得幸存者徒增哀痛，这难道不是我们对幸存者应尽的责任吗？这也是对你自己负责，因为过度哀伤会有碍进步、有损快乐，甚至会影响到履行日常职责。若是不履职的话，任何人都无法在社会上立足。"

虽然父亲的建议很好，但却完全不适用于我的情况。若不是悔恨之痛与其他情感交织在了一起，我本应最先就把悲伤隐藏起来，去安慰我的亲友们。可现在，我只能用绝望的神情回应家父，尽量躲起来，不让他瞧见我。

约莫就是在这个时候，我们回到贝尔里韦的家中居住。对此变动我格外满意。日内瓦城晚上十点钟定点关城门，而我们住在城内，过了这个点就无法再在湖边逗留了，这就令我很是厌烦。现在我自由了。在家里其他人都就寝后，我常常乘上小船，在水上度过好几个小时。有时，我扬起风帆，随风漂荡；

有时，划到湖心后，我就让小船随波逐流，任自己苦苦哀思。除了当我靠近岸边，才能听到一些蝙蝠或是青蛙的刺耳叫声断断续续传来，周边的一切都很宁静，只有我是唯一不平静的存在，不安地徘徊在这美到如同仙境一般的景致间。每当此时，我都常常受到引诱——我是说，我常常被引诱着想要跳进寂静的湖中，让湖水永远将我和我的灾难淹没掉。可想到我深深爱着的、与我存亡与共的伊丽莎白——英勇却受难的伊丽莎白时，我又克制住了自己。我也想到了家父，想到了尚在人世的弟弟。难道我要自己卑劣出逃，却让他们无所防备地暴露在我放出来的魔鬼的恶意之下吗？

　　每逢此时，我便会哀伤落泪，期望我心能够重回平静，如此我才能给他们带去安慰和幸福。可这是不可能的。悔恨扑灭了一切希望。我造出了无可改变的罪恶。我每天都生活在恐惧中，生怕我创造的怪物会犯下新的罪孽。我隐隐约约觉得一切都还没有结束，他还会犯下滔天大罪来，严重到甚至足以抹去往昔的回忆。只要还有所爱，我就会一直恐惧下去。我对这恶魔憎恶到无可想象的地步。一想到他，我就咬牙切齿、眼冒怒火，恨不得灭掉我如此轻率就创造出来的生命。回想起他犯下的罪行，想到他的恶毒，我就燃起了复仇的恨意和熊熊的怒火，完全无法抑制。要是能去到安第斯山脉的最高峰，在那里把他抛到山脚下去，我甘愿踏上这场朝圣之旅。我想要再次见到他，这样我就可以把我的滔天怒意发泄在他头上，为威廉和贾丝廷的死复仇。

我们家被哀思萦绕。最近发生的事情太恐怖，严重影响到了家父的身体健康。伊丽莎白十分悲伤，不再能从日常之事中感到快乐。一切欢乐于她而言似乎都是对逝者的亵渎，面对这般惨遭摧折的清白，永恒的悲伤和眼泪才是她以为的公正哀悼。她小时候曾跟我一起在湖边漫步，兴奋地谈论着我们的未来，可现在她再也不是那个快乐的小姑娘了。她变得严肃起来，经常谈论命运无常、人生无定。

　　"亲爱的表哥，"她说，"当我回想起贾丝廷·莫里茨的惨死时，我就不再像以前那样看待这个世界以及世间万物了。我曾把书上读到的，或是别人讲给我的罪恶与不公当作是古老的传说，是臆想出来的恶行——总之那些事情离我们很遥远，更可能只存在于理论层面，根本难以想象会发生在自己身上。可现在不幸降临身边，人类在我眼中就像渴求彼此鲜血的怪物一般。但我肯定是有失公正了。人人都相信那个可怜的女孩是有罪的。倘若她真犯了她背负的罪行，那她无疑会是人类中最堕落的存在。为了那么点珠宝，就杀害了她的恩人和朋友的儿子——一个自他出生起就开始照料、她爱到视如己出般的孩子！我不能赞同任何人去死，但我肯定会觉得这样的人并不适合留在人类社会。可她是无辜的啊。我知道，我相信她是无辜的，你跟我的想法也一样，我就更确信了。唉！维克多，当虚假看起来如此真实时，谁又能保证自己能获得幸福呢？我感觉自己仿佛是行走在悬崖边上，成千上万的人涌向我，想要把我推入深渊。威廉和贾丝廷被暗害了，凶手却逃之夭夭。他逍遥法外，或许还受人尊敬。可即便是判我同样的罪、让我去上断头台，我也不愿意和这样的恶棍一样逃避罪责。"

我听着这些话，痛苦万分。我才是真正的凶手——虽然不是行动上的凶手，但却是实际上的真凶。伊丽莎白从我脸上读出了我的痛苦，便善良地握住了我的手说："我最亲爱的表哥啊，你必须冷静下来。天知道这些事对我产生的影响有多深。但我还不像你那么惨。你脸上带着一种绝望的神情，有时还夹杂着一丝仇恨，令我不寒而栗。冷静下来吧，我亲爱的维克多。我愿意牺牲自己的生命来换你安宁。我们一定会幸福的。在我们的故土上平静生活，与世无争，还有什么能扰乱我们的宁静呢？"

她一边说着一边垂泪，自己都不相信这些安慰人的话。可与此同时，她又微笑着，想要驱散潜伏在我心中的恶魔。家父看到我面色哀戚，只当是我夸大了理应感到的悲伤。他认为要恢复我平日里的宁静，最好的办法就是开展一些合我口味的娱乐活动。正因如此，他才搬到了这乡下，出于同样的动机，他现在又提议我们一起去夏蒙尼山谷远足。我之前去过那里，但伊丽莎白和欧内斯特还从来没去过。他们听闻那里美不胜收、宏伟壮丽，都表达过想要去看风景的强烈愿望。于是我们大概在八月中旬从日内瓦出发，开始了这次旅行。此时距贾丝廷离世已经快两个月了。

天气好得出奇。若我的悲伤可以被什么转瞬即逝的风景驱散的话，那么这次远足肯定能达到家父预期的效果。事实上，我对眼前的景色也颇有兴致——尽管无法驱散我的伤悲，但有时也会让我平静下来。

第一天，我们乘着马车旅行。清晨，我们远远地看到了群山，也缓缓向之靠近。我们沿着阿尔沃河前行，河水造就了我们曲折穿行的山谷，我们意识到山谷也一点一点地在向我们逼近。太阳落山后，我们看到四周悬着巨大的山脉和峭壁，听到河流在岩间咆哮，还有瀑布四溅的声响。

第二天，我们骑着骡子继续前行。攀得愈高，山谷就呈现出愈发壮丽惊人的风貌。废弃的城堡悬在悬崖峭壁上，阿尔沃河湍急流淌，错落的小屋从树丛中冒出来，构成了一幅奇异的美景。而雄伟的阿尔卑斯山更是为之增添了一分壮美：金字塔状的山顶和山包洁白闪耀，睥睨万物，仿若来自异世，上面栖息着另一个种族。

我们经过了佩利西耶桥。河流冲刷成的溪谷在我们眼前铺展开来，我们开始攀登高悬其上的山峰。不久后，我们就进到了夏蒙尼山谷。夏蒙尼山谷更加奇险壮丽，却不如我们刚刚途经的塞沃克斯山谷美丽如画。雪山高耸，将其与外界生生分割开来，但我们没有再看到废弃的城堡和沃野了。巨大的冰川逼近道路，我们听到了雪崩的隆隆轰鸣，看到了留下来的阵阵雾气。勃朗峰——至高无上的壮丽勃朗峰，从周围的针峰中拔地而起，任它那巨大的山包俯瞰山谷。

旅途中，我有时会与伊丽莎白同行，尽我所能给她指出种种美景。我常常让自己的骡子落在后面，以便于自己沉溺于痛苦回忆中。其他时候我又会策着骡子走在其他人前面，这样我就能忘掉他们，忘掉这个世界，最重要的是——忘掉自己。离得远了，我就下了骡子，躺在草地上，任恐惧绝望将我压倒。晚上八点，我们到达了夏蒙尼。家父和伊丽莎白疲惫不堪，而陪着我们的欧内斯特却很开心，兴致勃勃。唯一让他扫兴的是这时吹起了南风，似乎预示着第二天会下雨。

我们早早地回了房间，但却没有入睡——至少我没有睡。我在窗边待了好几个小时，看勃朗峰上空闪过苍白的闪电，听窗下阿尔沃河湍急的水声。

第二章

同向导的预测相反，第二天虽然多云，但却天朗气清。我们参观了阿维隆河的源头，沿着山谷骑行到了傍晚。这些宏伟壮丽的景象给予了我能收获的最大安慰，让我从一切浩渺之感中升华了出来。虽然我的伤悲并未因之消除，但却有所克制，得以平息。某种程度上来说，此情此景也转移了过去一个月来一直困扰我的思绪。我傍晚才回去，虽然疲惫，但心情不再那么糟了，与家人交谈起来，也比过去一段时间惯常表现出来的更为愉快。家父很高兴，伊丽莎白更是喜出望外。她说："我亲爱的表哥，你看到自己快乐时散发出来的幸福了吗？可别再故态复萌了！"

第二天清晨，大雨如注，浓雾笼罩着群山之巅。我起得很早，但感觉异常忧郁。雨天令我郁郁寡欢。旧绪复燃，我心苦闷。我知晓如此突变会令家父失望至极，于是在恢复到能够隐藏起这些压倒我的情绪之前，我都想要避开他。我知道他们那天会留在旅馆里。而我已经习惯了雨水、湿气和寒冷，所以便决定独自前往蒙坦威尔山顶。我还记得第一次看到庞大的冰川不断移动时，那番景象带给我的心灵震颤。我为此欣喜若狂，我的灵魂也插上了翅膀，能从晦暗世界飞向光明、飞向快乐。的确，大自然令人生畏的雄伟之景总能让我肃然起敬，叫我忘怀生活中短暂的忧愁。我对这条路已经非常熟悉，决意独自前行。况且若有人同行，也会破坏掉这处景致的孤寂与壮美。

　　攀登之路陡峭险峻，不过道路分成了连续的短弯，可以让人克服陡峭的山势。此景荒芜至极，可以在上千处地方发现冬日雪崩的痕迹，折断的树木散落在地上，有的全然被毁，有的弯折了，倚在突起来的山石上，抑或是横卧在其他树上。我越攀越高，路上雪沟纵横，石头不断从上面滚落下来。有道雪沟尤为危险，哪怕是最轻微的声响——譬如大点声说话——产生的空气震荡，都足以给说话者带来灭顶之灾。松树不高也不茂盛，但足够阴郁，为此番景象增添了一丝肃杀之气。我朝山谷下望去，大片大片的雾气从河谷流水中升起，翻卷成了浓密的雾环，萦绕着对面的群山。山顶被云层遮蔽，大雨从漆黑的天幕中倾泻而下，我又更添一愁。唉！人类为什么要夸耀自己比畜生更感性呢？这样只会让我们更受限制。要是我们的冲动仅限于饥饿、口渴和欲望，那我们可能就会更接近自由。可现在我们会被吹过的每一阵风触动，会被一个偶然的词触动，会被那个词可能传达给我们的场景触动。

> 我们休息，一场梦境便能毒害睡眠。
> 我们醒来，一个飘忽的念头污染了一整天。
> 我们感受、想象或推理；我们欢笑或哭泣。
> 拥抱甜蜜的悲伤，或是抛开我们的烦恼；
>
> 全都一样：因为啊，欢乐也好，悲伤也罢，
> 离去之路仍畅通。
> 人的昨日与明天或许永不同；
> 唯有无常永恒不变！①

攀上顶峰时，已经快到中午了。我在俯瞰冰海的山石上坐了一会儿。雾气笼罩着冰海和周围的群山。不一会儿，微风吹散了云层，而我沿着冰川下了山。冰川表面很是崎岖，如波涛汹涌的大海般起起伏伏，深陷的裂缝纵横交错。冰原宽约一里格，而我却花了快两个小时才穿过去。对面的山是块光秃秃的垂直峭岩。从我现在站着的地方看过去，蒙坦威尔山正好就在我对面，离我一里格远。耸立其上的是气势磅礴的勃朗峰。我待在山石凹处，凝视着这盛大绮丽的景象。大海——或者更确

---

① 引自珀西·雪莱 1816 年发表的诗歌《无常》的第三节和第四节。——译者注

切地说，是巨大的冰河，蜿蜒于接邻的山脉之间，山顶高悬于冰河凹处。山峰被冰雪覆盖，熠熠生辉，在阳光中、云层上闪耀。我原本悲伤的心现在胀满了喜悦。我呼喊道："游魂哪，倘若你们没有在窄床上休息，而是真的在游荡的话，那就请允许我拥有这微小的快乐吧，要不然就让我做你们的同伴，带我远离尘世之乐吧。"

我正说着，突然看到一段距离以外，有个人影在以非同寻常的速度向我冲来。他跳过了我之前小心翼翼走过的冰缝。当他靠近一些，我发现他的身材也超乎常人。我不安起来：眼前一片模糊，身体也变得虚弱。不过山间寒风很快就让我恢复了神智。那个身影越来越近（庞大又令人憎恶！），我认出来了，它就是我造出来的那个怪物。我颤抖着，又怒又怕，决心等他走近了，再跟他来一场生死搏斗。他离近了，脸上写满了酸涩苦痛，掺杂着蔑视和恶意，而且还丑到超乎寻常，恐怖到几乎让人无法直视。但我几乎没有注意到这一点。打一开始，愤怒和仇恨就让我无法言语了，待我回过神来，便只剩下把狂怒、憎恨且轻蔑的言语抛向他了。

"魔头！"我喊道，"你还敢来靠近我？你就不怕我振臂击向你这可怜的脑袋，对你狠狠报复吗？滚啊，贱虫！否则，我要把你碾成尘埃！嗬，要是我能灭掉你这么个怪物，让那些被你残忍杀害的受害者复生就好了！"

"我早料到会是这样的反应。"那魔头说道，"所有人都讨厌怪物，而我比所有生命都怪异，又怎能不遭人厌恶呢？可是你——我的造物者，竟然也厌恶我、唾弃我。我可是你造出来的，你跟我联结与共，只有你死或是我亡，才能解除这联系。你还想杀了我。你怎敢如此视生命为儿戏？履行你对我的责任吧，我也会履行对你和其他人类的责任。如果你同意我的条件的话，我就会任你和他们平静度日。但若你拒绝了我，那我就会大开杀戒，让你剩下的亲友以血为祭，直到我餍足为止。"

"穷凶极恶的怪物！你这魔头！下地狱受酷刑对你犯下的罪行来说都太轻了。卑鄙的魔鬼啊！你诞生出来就是我的耻辱。来啊，让我灭掉自己如此轻率就赐予了你的生命火花吧。"

我燃起了无边怒火，不顾一切地向他扑了过去，想要跟他拼个你死我活。

他轻而易举地躲开了我，说道：

"冷静一下！在你将仇恨的怒火发泄到我头上之前，我恳求你先听我说。难道我受的苦还不够多吗？难道你还想让我更不幸吗？虽然生命可能只是痛苦的叠加，但对我来说却弥足珍贵，所以我会捍卫自己的生命。请记住，是你把我造得比你更强大、比你更高，关节也更灵活的。但我不想与你为敌。我是你造出来的，如若你也能履行对我应尽的义务，那我就会对自己天生的主人、理所当然的王格外温和顺从。呵，弗兰肯斯坦，不要对其他所有人都公平，却只来践踏我。明明你最应当待我公平，甚至该予以我仁慈和关爱。请记住，我是你造出来的。我明明该是你的亚当，现在却更像是个堕天使，我什么都没做错，你却剥夺了我的快乐。我看见人间处处欢声笑语，却只有我被坚决地排除在外。我也曾与人为善、心地善良，可不幸却让我化身成了恶魔。让我幸福吧，如此我便能重归良善。"

"滚啊！我不会听你说的。你我之间没什么好说的，我们是敌人。滚，不然我们就来较量一番，不是你死，就是我活。"

"我要怎样才能打动你？我求你行行好，同情同情我。难道怎样求你都不会让你对自己造出来的东西青眼相加吗？相信我吧，弗兰肯斯坦，我心本善，我的灵魂也曾闪耀着仁爱和人性的光辉。但我现在不孤独吗？孤独得不惨凄吗？你，我的创造者，连你都厌恶我，那我还能从你的同类那里获取什么希望呢？他们可什么都不欠我。他们只会唾弃我、憎恨我。荒芜的群山和凄冷的冰川是我的避难所。我在这里游荡了好多天。冰洞是我的住所，是我唯一不害怕的地方，也是人类唯一不吝给予我的东西。我赞美这阴郁的天空，因为它比你的同类对我更友善。要是大批人类都知道了我的存在，他们也会像你一样，武装起来消灭我。所以我难道不应该恨那些厌恶我的人吗？我是不会跟敌人妥协的。我过得凄惨，他们也要与我同样不幸。但你能补偿我，你可以让他们免受灾难。否则你就会让这灾难变成弥天大祸，你和你的家人，还有成千上万的人，都会被这场劫难掀起的狂怒旋风所吞噬。你发发慈悲，不要再看不起我了。听我讲讲自己的故事。听完之后，你再决定是该抛弃我，还是怜悯我。请听我讲吧。根据人类法律，即便犯人罪大恶极，在被定罪之前也有权为自己辩护。听我说，弗兰肯斯坦。你指控我犯了谋杀罪，却心安理得地要毁掉自己创造的生命。嗬，赞美人类永恒的正义！不过我不是要你饶了我。先听我讲，然后，如果你做得到的话，如果你还想的话，那就毁了你亲手创造的作品吧。"

"你为什么要让我回忆起那些让我毛骨悚然的事情？为什么要让我记起自己是悲惨之源，是始作俑者呢？该死的那天啊，可恶的魔头啊，就是那天你第一次见到了光明！该死的造出你来的双手啊（虽然骂的是我自己）！你让我悲惨到无以言表。你让我根本无力思考自己对你公不公正。滚吧！不要让我再见到你那恶心样了。"

"那我就满足你吧，我的造物主，"他说着，把他那双讨人厌的手挡在了我眼前，我狠命把它们推开了，"这样一来，我就让你看不到你讨厌的东西了。你还是可以听我讲、同情我。我以自己曾拥有的美德，向你提出这一请求。听听我的故事吧。我的故事很长，也很怪。你敏感的感官适应不了这地方的温度。来山上的小屋吧。太阳现在还高悬空中，在太阳下山躲进那边的雪崖、照亮另一个世界之前，你会听完我的故事，然后就可以做出决定了。我是否要永远放弃与人类为邻，去过一种无害的生活，还是该成为你同胞的祸害，亲手加速你们的灭亡，统统取决于你。"

他一边说着，一边领我穿过冰面，我就跟着他。我心中百感交集，并没有回答他。但当我前行时，权衡了他提出的各种缘由，决定至少要听一听他的故事。我这样做部分原因是出于好奇，同情心也让我下定了决心。我此前一直认为他是杀害家弟的凶手，急切地想要知道这一观点正确与否。这也是我第一次感受到了造物者对自己造出来的东西负有怎样的责任，我意识到在抱怨他有多坏之前，我应该给他幸福。出于这些动机，我同意了他的要求。于是，我们穿过了冰面，爬上了对面的山石。空气很冷，雨又开始下了起来。我们进到了小屋里，那魔头欢欣雀跃，而我却心情沉重、情绪郁郁。但我答应了听他讲述。于是我就坐在了那可恨的同伴生起来的火堆旁，他便开始讲起了自己的故事。

第三章

　　"要忆起我诞生伊始的状况着实很困难。那段时期的所有事情看起来都混乱又模糊。一连串的怪异感受席卷了我，我同时能看到、感到、听到，也能闻到了。其实，过了很久我才学会分辨各种感官是怎样运转的。渐渐地，我记得，一股强光压迫到了我的神经，使我不得不闭上了眼。黑暗随之降临，让我有些心慌意乱。但我还没来得及感知黑暗，光线便又倾泻而来，现在想来这就是我又一次睁开眼睛的原因。我走动了起来，我想我是走下了楼。但我立刻发现自己的感知出现了巨变。之前，我被黑沉不透光的物体包围着，我看不见也摸不着；但现在我发现，我可以自由走动，没有我克服不了、避不开的障碍了。

光线对我而言变得越来越刺眼，我一边走着，一边感到热气乏人，于是便寻了个能遮阴的地方。那是因戈尔施塔特附近的一片森林。我就躺在小溪边休息解乏，直到感到饥渴难耐。我本昏昏欲睡，这下便醒了过来，找来了一些挂在树上或掉到地上的浆果吃，又啜饮溪水解了渴，之后就躺了下来，很快便睡着了。

"待我醒来时，天已经黑了，我还觉得冷，也本能地觉得有些害怕，因为我发现自己如此孤独。离开你房间前，因为冷，我就裹了几件衣服走。但这些衣服也不足以抵御更深露重。我是个可怜、无助又凄惨的可怜虫。我什么都不知道，什么都辨不明，只感到痛苦从四面八方袭来。我坐下，哭了起来。

"不久，天空中就悄然现出了一道柔光，让我心生愉悦。我起身，看到一个光芒四射的东西从树林中升了起来。我惊奇地定睛凝视着。它动得很慢，但却照亮了我的路，我便又出去找浆果了。我还是觉得冷，正好我在树下发现了一件巨大的斗篷，便用它把自己裹了起来，席地而坐。我的脑子混沌一片，一点主意也没有。我感受到了光亮、饥饿、口渴和黑暗。无数声音在我耳中回响，各种气味从四面八方向我涌来。我唯一能分辨出的东西便是那轮明月，我欣喜地注视着它。

"昼夜交替，数天过去。待我能开始分辨清自己的种种感受时，夜晚的球体已经变小了很多。我后来知道那是月亮。我渐渐能看清为我提供水源的清澈溪流，看清用叶片为我遮阴的树木。有种悦耳的声响经常萦绕在我耳畔，当我第一次发现这是从那些经常挡住我视线的带翅膀的小动物喉中发出来的，我很是高兴。我也开始更准确地观察周边的事物，感知笼罩着我的那个发出光芒的穹顶的边界。有时我试着模仿鸟儿悦人的歌喉，但却做不到。有时我想要用自己的方式来表达感受，但发出来的声音粗犷又含糊，把我吓得再次陷入沉默之中。

"月亮从夜空中消失，又再度出现，形状也变小了，而我却还留在林中。到了这时，我的感知已经很清晰了，我的大脑每天都在接受新事物。我的双眼适应了光线，已经能准确看清物体的形状了。我能分清昆虫和草木，渐渐地也能把不同的草木区分开来。我发现麻雀只会发出刺耳的音符，而黑鹂和鸫鸟的歌喉则婉转动人。

"有一天，我正被冻得不行时，发现了一些流浪的乞丐留下的火堆。火堆给我带来了暖意，我欣喜若狂。我兴高采烈地把手插进余烬里，但很快就痛到尖叫着抽了出来。我心想，好奇怪啊，同样的东西竟会产生这样截然相反的效果！我检查了火堆的材料，高兴地发现它是由木头组成的。我迅速收集了一些树枝，但它们是湿的，烧不起来。我对此感到苦恼，便静静地坐着，观察火堆燃烧。我放在热源附近的湿木头干掉了，自己燃了起来。我对此进行了思考，通过触摸各种树枝发现了背后的原因。于是我便急忙收集起一大堆树枝，以便将其烘干，获得充足的燃料。夜幕降临，该睡觉了，可我格外担心自己的火会灭掉。我小心翼翼地用干柴和树叶盖住了火堆，又在上面放了湿树枝，而后摊开斗篷，躺在地上，陷入沉睡。

"当我醒来时已经是早上了，我首先想到的便是去查看火堆。我扒开树枝，一缕轻柔的微风迅速吹出了火焰来。我也观察到了这一点，就用树枝做了把扇子出来，可以用它重新扇燃即将熄灭的灰烬。夜幕再次降临，我欣喜地发现，火不仅能生热，而且还能带来光亮。我又发现火对我进食也很有用，因为我发现旅行者们留下来的内脏被烤过，吃起来要比我从树上摘的浆果美味多了。于是，我便试着用同样的方法来烹饪食物，把吃的放在未烬的余灰上。我发现浆果这样一处理就毁掉了，但坚果和根茎却变得好吃多了。

"可是食物变得稀缺了起来。我常常花上一整天的时间找寻几颗橡子来缓解饥饿之苦，但这只是徒劳。当我发现这点时，便决定离开这个栖身之地，去找一个能够满足我简单需求的地方。在这次迁移中，我极其痛惜自己失去了意外获得的火种，也不知道该如何重新生火。我花了几个小时来认真思考这一难题，但不得不放弃一切保留火种的尝试。之后我就用斗篷把自己裹紧，穿过了树林，迎着落日走去。我走了三天，终于发现了一片旷野。前天夜里下了场大雪，田野上白茫茫一片。此番景象叫人郁郁寡欢，而且我还发现自己的脚因为地面上覆着的湿冷的东西而冻僵了。

"那时大概是早上七点，我渴望能有吃的，想要个歇脚的地方。终于，我看见了一座高地上的小木屋，想必是为了方便一些牧羊人而建的。这对我来说是个新景象，我就怀着旺盛的好奇心观察了其构造。我发现门开着，便走了进去。屋里坐着一位老人，靠着火炉，正在炉火上准备早餐。他听到动静便转过身来，一发现我，他就开始大声尖叫了起来，跑出了屋子，用他那赢弱的身体看似无法达到的速度穿过了田野。他长得跟我之前见过的人类都不同，而他仓皇出逃又让我有些惊讶。不过我被这小屋的样子给迷住了：这里雨雪进不来，地面是干的。对那时的我来说，这就是个精妙绝伦的居所，就像地狱中的魔鬼在火湖中受尽折磨后看到了无回城一般。我狼吞虎咽地吃掉了牧羊人撇下的早餐，里面有面包、奶酪、牛奶和葡萄酒——不过我不喜欢葡萄酒。随后，倦意袭来，我就躺在稻草上睡着了。

"我醒来时已是正午。阳光照耀着白茫茫的大地，我被太阳的暖意所吸引，决定要再度开启我的旅程。我找到了一个大口袋，把那农民剩下的早餐放了进去，然后在田野中走了好几个小时，直到日落时分，我才抵达了一座村庄。这景象看起来多不可思议啊！小木屋、整洁的农舍和雄伟的房屋惹得我赞叹连连。菜园里种着蔬菜，我看到一些农舍窗户上摆着牛奶和奶酪，勾起了我的食欲。我走进了其中最好的一间农舍，可还没来得及踏入门里，孩子们就尖叫了起来，一位妇女还晕了过去。整个村庄都被惊动了，有的人逃开了，有的人攻击我，将石头和其他武器投向我，打得我遍体鳞伤。我逃到旷野上，惊恐地躲进了一间低矮的茅屋里。同我在村中看到的一座座宫殿相比，这里显得寒酸破败，颇为简陋。不过茅屋旁有一间看起来整洁宜人的村舍。可是有了刚刚的惨痛教训，我就不敢进去了。这间茅屋是用木头搭建的，但非常低矮，要想坐直都很困难。地上没有铺木地板，不过地面是干的。虽然有风从无数缝隙间涌来，但我发现这是一个躲避雨雪的好地方。

"于是我躲进了这里，躺了下来。虽然这里条件恶劣，但我很高兴能找到个容身的地方，毕竟这里可以让我抵御冬日的严寒，更能躲开人类的野蛮行径。

"天刚蒙蒙亮，我就从自己的狗窝里爬了出来，想去看看旁边的农舍，看我能不能留在自己发现的这个居所里。茅屋位于农舍的背后，旁边有一个猪圈，还有一个水池。茅屋有一个敞口，我就是从那里爬进去的。而现在我用石子和木头堵住了所有可能发现我的缝隙，想要出去时，我也能挪开它们。我能享有的所有光线都是从猪圈透过来的，对我来说那已经足够了。

"我就这样安排好了自己的住所，铺上了干净的稻草，然后躲了进去。因为我看到远处有一个男人的身影，前一晚上的遭遇令我记忆犹新，所以我不敢落在他手里。不过，我先给自己备好了当天的食物——偷来的一块粗面包，还有只杯子，可以用来喝流经我住处的纯净水，比用手喝更方便。住处的地板稍微垫高了一点，所以地面保持得相当干燥，这里还靠近农舍的烟囱，因此还算暖和。

"准备好这些后，我就决定住在这间茅屋里，除非有什么能改变我决定的事发生。我之前住在荒僻的森林里，树枝淌水，土地潮湿，与之相比，这里堪称是天堂。我开心地吃了早餐，正准备挪开一块木板取水喝，就在这时，我听到了一阵脚步声。

透过一条小缝，我瞧见了一个年轻女人，头上顶着一个水桶，正从我的茅屋前走过。这个女孩很年轻，举止文雅，不像我之前遇到的村民和农仆。不过她穿得却十分寒酸，只有一条蓝色的粗布衬裙和一件亚麻外套。她的金发编成了辫子，什么装饰都没有。她看起来十分勤劳，却又面露悲伤。我看不到她了。约莫一刻钟后，她又带着水桶回来了，桶里装了半桶的牛奶。她沿路走着，看起来不堪重负，这时，一个年轻男人碰见了她。男人的脸上流露出更为深沉的沮丧的神情，他发出了几声哀怨的呻吟，从她头上接过了水桶，自己扛着桶走向了农舍。女孩跟在后面，然后，两人便都不见了。不久，我又看到了那个年轻男人，手里拿着些工具，穿过了农舍后面的田野。那女孩也在屋里屋外忙碌着。

"检查我的住所时，我发现农舍与我的小屋原本有一扇共用的窗，但窗口已经被木头堵上了。其中有一处几乎微不可察的小缝，刚好够目光穿过去。透过缝隙，我可以看到一个小房间，房间刷了白漆，很干净，但几乎家徒四壁。角落里坐着一位老人，靠着个小火堆，双手撑着头，一副沮丧的样子。那个年轻女孩正忙着收拾农舍，但很快又从抽屉里拿出了点什么东西在手头摆弄。她坐在了老人身旁。那老人拿起了一件乐器开始演奏，发出的声音比鸫鸟和夜莺的叫声还要动听。即便是我这样从未见过什么美妙存在的可怜虫，也觉得那是一副美好景象。老人的一头银发和慈祥面容令我肃然起敬，而女孩的温柔举止则勾起了我的爱慕之情。他的演奏凄婉动听，我注意到他可爱的同伴眼中流下了泪水，而那老人却毫无察觉，直到她哭出声来。然后他发出了几个音节，那个美丽的女人便放下了手中的活计，跪在了他的脚边。老人扶起了她，带着仁慈和爱意微笑起来，让我产生了一种奇特又强烈的感受——痛苦和快乐交织在一起，而之前无论是饥寒还是温饱都未曾让我体验过这样的情感。我承受不住这些情绪，于是离开了那扇窗。

"不久之后，那个年轻男人回来了，肩上扛着一堆木头。女孩在门口迎接他，帮他卸下了重担，把一些燃料拿到了农舍里，放在了火上。然后她和那个年轻人走到了农舍的角落里，他给她看了一个大面包和一块奶酪。她似乎很高兴，走进菜园里摘了些根茎和植物，放进了水里，然后放到了火上。之后她继续干自己的活，而那年轻男人则走进了菜园，似乎忙着挖土拔根。这样干了约莫一个小时后，年轻女子加入了他，然后他们一起走进了屋里。

"与此同时，那老人愁眉不展，不过当他的同伴们出现时，他却做出了一副更开朗的表情。他们坐下来吃饭。饭菜很快就吃光了。年轻女子又开始忙着整理农舍，老人则在屋外靠着年轻男子的手臂，在太阳底下走了几分钟。这两个出色的生灵形成了鲜明对比，没有什么能比他们更美了。他们一个垂垂老矣，头发花白，面带慈祥仁爱的笑容；另一个则年纪尚轻，身材纤细，举止优雅，五官极其匀称，而眼睛和神态却流露出了最深切的悲伤和绝望。老人回到了屋里，年轻人拿起了跟早上不同的工具，穿过了田野。

"夜幕很快降临，但令我感到极为惊奇的是，我发现这些村民有种办法可以延长光明——那就是使用蜡烛。太阳落山并没有使我结束观察人类邻居的乐趣，这令我感到高兴。晚上，年轻女孩和她的同伴在忙活一些我看不明白的活计，老人再次拿起了乐器，奏出令我迷醉的美妙乐音。他刚一结束，年轻人就开始了——但不是演奏，而是发出了单调的声响，既不像老人的乐器，也不像鸟儿的歌唱那般和谐。后来我发现他是在大声朗读，不过那时我对语言文字一无所知。

　　"如此这般忙碌了一会儿后，这家人就熄了蜡烛，我猜，他们应该是去休息了。"

第四章

"我躺在自己的稻草上，却睡不着，脑中回想着今天发生的种种事情。最叫我印象深刻的是这些人温和的举止。我渴望加入他们，却又不敢。前一晚我在那些野蛮村民那儿遭受的事情还历历在目。无论今后该采取什么行动，我都决定现在要先静静地留在我的茅屋里观察一阵，搞清楚他们的行为以及背后的原因再说。

"第二天一早，太阳还没出来，这家人就起床了。年轻女子整理屋子，准备食物，而年轻男子吃完早饭后就离开了。

"这一天同前一天过得一样。年轻男子经常在户外劳作，而女孩则在家里做着各种辛苦的活计。我很快就发现那位老人眼睛看不见，要么弹奏乐器，要么陷入沉思，以此打发闲暇时光。两位年轻人对这位德高望重的同伴爱戴尊敬至极。他们温柔地对他付出爱意，尽到每一份职责，而老人则报以慈祥的微笑。

"他们并不太快乐。那个年轻男子和他的同伴经常走开，似乎是在哭泣。我看不出来他们有什么理由不开心，但却深受触动。倘若如此可爱的人儿都过得这么痛苦，那我这样一个不完美又孤独的家伙感到不幸也就不足为奇了。可是为什么这些温和的人会不快乐呢？他们拥有一座叫人快活的房子（在我看来就是如此），应有尽有。寒冷时他们有火炉取暖，饥饿时他们有美味佳肴，衣服穿得也很好。更重要的是，他们拥有彼此做伴，可以互相交谈，每天交换着爱意和善意。他们的眼泪意味着什么？真的是在表达痛苦吗？起初我没有办法解答这些问题，但经过一段时间的不断观察，我弄明白了很多一开始令人费解的表象。

"过了相当长一段时间，我才发现这个可亲之家之所以不安的一大原因——那就是贫困。他们备受穷困折磨，十分痛苦。他们维生的食物全部源自自家菜园里的蔬菜和一头奶牛产的奶。因为冬天主人们几乎找不到饲料来喂它，奶牛产的奶还很少。我想他们经常遭受饥饿之苦，辛酸万分，尤其是那两位年轻人。有好几次他们都把食物放在了老人面前，却没给自己留一点。

"这种善举让我深受感动。我以前习惯在晚上偷点他们储备的食物来吃，但当我发现这样做会给他们带来痛苦时，我就放弃了，从附近的树林里采摘浆果、坚果和根茎来充饥。

"我还发现了另一种可以帮他们劳作的方法。我注意到那位年轻人每天都要花大把的时间收集木材，供全家生火。我很快就明白了他的工具怎么用，到了晚上，我常常拿走他的工具，然后带回足够他们烧好几天火的燃料。

"我记得第一次这么做的时候，那个年轻女人早上打开门，看到外面堆着一大堆木头，似乎大吃一惊。她大声喊出了几个词，那个年轻男子就过来了，也很是惊讶。我开心地观察到，他那天没有去森林，而是花了一整天时间修理农舍、打理菜园。

"渐渐地，我有了更重要的发现。我注意到这些人可以通过发出清晰的声音来交流经验、传达感受。我发现他们说的话有时会让听者愉悦或痛苦，展露出微笑或伤悲的神态。这真是一门奇妙的学问，我热切渴望着自己能学会。但我为此做出的一切尝试都撞了南墙。他们发音很快，说的词跟能见到的物体间没有任何明显关联，我找不到任何线索来理解他们说的是什么。不过，我一直待在屋里，经过不懈努力，在月亮绕行几周之后，我终于发现了他们讲话中一些最常见的事物叫什么。我学会了'火''牛奶''面包'和'木头'这些词，也能够应用了。我还学会了这几个人的名字。年轻男子和他的同伴都有好几个名字，但老人的名字就只有一个——'父亲'。那个女孩叫作'妹妹'或者是'阿加莎'，年轻男人叫'费利克斯''哥哥'或是'儿子'。当我学会了这些声音各自表达的含义，也能说出来时，我真是说不出来的高兴。我还分辨出来了其他几个词，但还理解不了，或是使用不了，比如'好''最亲爱的'和'不开心'。

"我就这样度过了冬天。这家人举止温和又美丽，我非常喜欢他们。他们不开心时，我也感到郁郁；而他们高兴时，我也会与他们同乐。除了他们，我很少见到其他人。但凡有其他人进到农舍来，他们的粗鲁举止和粗俗步态都只会让我更加欣赏我朋友们的优雅举止。我察觉到，那老人经常设法鼓励他的孩子们（有时我发现他这样称呼他们）摆脱忧郁。他会用一种欢快的语调来说话，脸上洋溢着善意，甚至连我都能感到愉悦。阿加莎恭敬地听着，她的眼中有时满含泪水，却又会悄悄地用力擦去。不过我发现，通常在听了她父亲的劝诫后，她的脸色和语气都会变得更加欢快起来。但费利克斯就不是这样了。他总是这家人中最悲伤的一个。即便是未经世事如我，也觉得跟他的朋友们相比，他遭受的苦难看起来更深重。不过尽管他的神色更为哀戚，但他的语气却比他妹妹更欢快，当他跟老人讲话时尤为如此。

　　"我可以举出无数个虽微不足道、但却能展现出这家人性情多么可亲的例子。身陷贫困之中，费利克斯仍会开心地把雪地里探出头来的第一朵白色小花带给他妹妹。清晨，在他妹妹起床前，他就会把她去牛奶房路上的碍事的积雪清理干净，从井里打好水，去屋外取来柴火。也就是在外屋，他一次又一次讶异于有一双看不见的手在补充自己的柴火。我想，白天他有时会为附近的农民干活，因为他经常外出，直到吃晚饭时才回来，不过他从不带着柴火回。其他时候他会在菜园里干活。不过天寒地冻的时节没什么活可干，他就给老人和阿加莎读书。

"一开始的时候，读书一事让我甚感困惑。不过我渐渐发觉，他读书和说话时发出的声音有很多相同之处。因此，我猜想他是在纸上找到了能解读的语言符号，而我也特别渴望能理解这些符号。但那怎么可能呢？我连这些符号所代表的声音都听不懂。尽管我已经为此全力以赴，在这门学问上也取得了很大的进步，但还是不足以理解任何形式的对话。我这样努力是因为我很容易就发现了，我虽然极其渴望结识他们，但还是应该先掌握他们的语言，然后再尝试跟他们交流。掌握了他们的语言，我才可能让他们忽略我外貌的缺陷。我一直目睹着我们之间的鲜明对比，所以对此心知肚明。

　　"我一直羡慕这家人的完美身材——他们面容优雅、美丽、细腻。当我看到倒映在清澈池水中的自己时，我是有多害怕啊！一开始我猛地后撤了几步，不敢相信水中倒映的真的是我。待我确信自己在现实中就是个怪物时，我就沮丧不已、羞愧难当，苦涩极了。唉！可我那时还没有全然意识到，这可悲的畸形样貌会带来怎样的致命后果。

　　"日头变暖，白昼拉长，积雪消失了，我看到了光秃秃的树木和黑色的土地。自这时起，费利克斯就变得更忙了，令人揪心的饥荒也消失了。后来我发现，他们的食物虽然粗糙，但却很健康，而且他们弄到了足够的食物。菜园里长出了几种新植物，他们也煮来吃。随着季节推移，这些令人欣慰的迹象与日俱增。

　　"只要不下雨（我发现有水从天上倾泻而下时，人们都会这么叫），那老人就会在中午由儿子搀着散步。雨经常下，但大风很快就会把土地吹干，这个季节也变得比以往任何时候都要宜人。

"我在茅屋里有固定的生活模式。早上，我关注这家人的活动。当他们分散去做各种工作时，我就睡觉。余下的一天我都用来观察我的朋友们。等他们回去休息时，若是有月光，或有星光缀夜，我就会去树林里，给自己采集食物，也为农舍收集燃料。当我回来时，我常常会根据需要清理他们路上的积雪，做那些我曾看到费利克斯做过的活计。之后我发现，这些由'无形之手'完成的劳动让他们大为惊讶。有一两次，我听到他们在这些时候说出'好人''太棒了'这样的话，不过当时我还理解不了这些词语的含义。

"我的思绪更加活跃。我渴望了解这些可爱之人的动机和感情。我很好奇为什么费利克斯看起来如此愁苦，阿加莎又如此哀伤。我认为（愚蠢的可怜虫啊！）自己或许有能力让这些理应享福之人重获幸福。当我在睡觉或离开他们时，可敬的盲人父亲、温柔的阿加莎和优秀的费利克斯的身影会在我眼前浮现。我将他们视作超凡脱俗的存在，他们会成为我未来命运的仲裁者。我在脑海中构想了上千幅画面，想象着我能出现在他们面前，然后他们对我表示欢迎。我也想象过他们会厌恶我，直到我以温和的举止和言语赢得他们的好感，进而赢得他们的爱。

"这些想法让我颇感振奋，叫我能以全新的热情学习语言这门艺术。我的器官确实很粗糙，但还算柔软。虽然我的嗓音完全不像他们那般柔和如乐音，但我还是能较为轻松地发出自己理解的那些词。就像《驴子和哈巴狗》①中的那样，温柔的驴子固然行为粗鲁，但出发点是一片好心，就理应得到比殴打和责骂更好的对待。

"春雨宜人，春光和煦，大地焕然一新。此前，人们似乎都躲在了洞穴里，而如今则四处分散，忙着耕作。鸟儿们唱得更欢了，叶子开始从树上冒尖。大地一片生机勃勃！就在不久前，这里还荒凉、潮湿、肮脏，如今已经能让众神宜居。大自然的迷人景象让我精神振奋。过去种种已从记忆中彻底抹去，现下是一片宁静祥和，而希冀的光辉和对喜悦的憧憬则给未来镀上了一层金色。"

---

① 《伊索寓言》中的一则故事，讲到驴子想模仿哈巴狗讨主人欢心，结果反倒弄巧成拙被毒打一顿。——译者注

第五章

"我现在要赶紧讲讲故事中更为动人的部分了。我要讲述的事情给我留下了深刻的印象，那些情感把我从过去的自己塑造成了现在的我。

"春光如梭，天气转晴，万里无云。一度荒凉阴郁之地如今盛放着最美丽的花朵，一片绿意盎然，令我惊讶不已。处处芳香四溢，风景如画，这让我心满意足，精神焕发。

"就在这样的某一天里，我关注的这一家人正停了劳作，定期休息——老人弹着吉他，孩子们听他演奏——我注意到费利克斯神色忧郁到难以言喻。他频频叹气。他父亲一度停下了奏乐，我通过他的行为猜到他是在询问儿子为何伤悲。费利克斯用欢快的口吻回应他，老人便重新开始弹起了琴。就在这时，有人敲响了门。

　　"来的是位骑着马的女士，旁边跟着一个乡下人做向导。这位女士身着深色套装，戴着厚厚的黑面纱。阿加莎问了一个问题，而那陌生人只用悦耳的口音念出了费利克斯的名字作答。她的嗓音富有乐感，却跟我朋友们的声音都不一样。费利克斯听到自己的名字，匆匆走到了那位女士跟前。看到他后，那女士撩起了面纱，我便看到了一副天使般美丽动人的面孔。她的头发乌黑发亮，被编成了奇特的辫子；她的眼睛充满活力，又深邃而温柔；她的五官匀称，肤色异常白皙，两颊都泛着可爱的红晕。

　　"费利克斯看到她时似乎喜出望外，脸上愁容尽消，霎时间喜笑颜开，简直令人难以相信。他的眼睛闪闪发光，脸颊因喜悦而泛出红晕来。那一瞬间，我觉得他就跟那个陌生人一样美。那女士似乎百感交集，她从可爱的眼睛里擦去了几滴泪，然后向费利克斯伸出了手。费利克斯痴痴地吻了吻她的手，唤她为'可爱的阿拉伯女郎'（我只能听清这些）。她似乎听不懂他的话，但还是笑了笑。他扶她下了马，打发走了她的向导，把她领进了农舍里。费利克斯和他父亲交谈了一会儿，这位年轻的陌生人跪在老人的脚下，想要亲吻他的手，老人却把她扶了起来，深情地抱住了她。

　　"我很快就发现，虽然这个陌生人能发出清晰的声音，似乎有她自己的语言，但这家人既听不懂她的话，她也不明白他们说了什么。他们打了许多我不懂的手势，不过我能看出她的到来给农舍带来了欢乐，驱散了他们的悲伤，如同太阳驱散了晨雾一般。费利克斯似乎格外高兴，带着喜悦的笑容欢迎他的阿拉伯女郎。阿加莎——永远温柔的阿加莎亲吻了这位可爱的陌生人的手，指着她哥哥比画着，在我看来意思是说，在她到来之前，她哥哥一直郁郁寡欢。就这样几个小时过去了，他们的脸上洋溢着喜悦之情，但我不懂为何如此。不久我就发现，这位陌生人不断重复他们说的某个字，是在努力学习他们的语言。我立马想到我也可以用同样的方法来学。第一堂课上，这位陌生人学会了约莫二十个词，其中大多数都是我之前已经懂了的，但其他词也让我受益匪浅。

"夜幕降临，阿加莎和那位阿拉伯女郎都早早就寝了。分开时，费利克斯吻了那陌生人的手，说道：'晚安，亲爱的萨菲。'他坐到了很晚，跟他父亲交谈。他频频提到她的名字，我猜想他们可爱的客人是谈话的主题。我急切渴望能听懂他们在说什么，为此使出了浑身解数，却发现完全不可能听懂。

"次日一早，费利克斯去工作了。阿加莎干完日常活计后，那位阿拉伯女郎就坐在了老人脚边，拿起他的吉他，奏起了令人如痴如醉的美妙旋律，一下子就让我悲欣交集、热泪盈眶。她唱起了歌来，嗓音抑扬顿挫，此起彼伏，宛若林中夜莺。

"她唱完后，把吉他递给了阿加莎。起先阿加莎是拒绝的，不过后来她弹了一首简单的曲子，用婉转的歌喉伴唱，但跟那陌生人的精妙曲调有所不同。老人似乎心花怒放，说了几句话，阿加莎努力向萨菲解释，说他大概想表达的是她的音乐给他带来了莫大的欢喜。

"如今，日子一如既往地静静流逝，唯一的变化是我朋友们脸上的悲伤换作了喜悦。萨菲总是快乐又开朗。我和她的语言能力都进步神速，两个月后，我就能听懂我的保护者们说出的大多数话了。

"与此同时，黑色的土地被牧草覆盖，翠绿的田埂缀满了无数花朵，馥郁芬芳，赏心悦目，就像月光笼罩林间时散发着微光的星子一般。日头变得更暖和了，夜里清朗宜人。尽管太阳早升晚落大大缩短了我的散步时间——我白天从来不敢外出，害怕再遭到之前进入第一个村庄时的待遇——但夜间漫步对我来说是一种极大的乐趣。

"我每天都在全神贯注地学习，以便能更快地掌握语言。我可以自夸说，我比那位阿拉伯女郎进步得要快得多。她能听懂的很少，交谈起来磕磕巴巴，而我却听得懂，还能模仿他们说的几乎每个词。

"口语水平提高的同时，我还在他们教那位陌生人的时候学会了字母拼写，这也为我打开了一片充满惊奇和喜悦的广阔天地。

"费利克斯教萨菲用的书是沃尔尼的《帝国的废墟》①。要不是费利克斯在读这本书时解释得细致入微，我都理解不了这本

---

① 1791年出版，是法国大革命早期的一部非常激进的文献。这部作品严厉批评了世界上所有的统治意识形态，并建议废除。——译者注

书的要义。他说，他之所以选择这本书，是因为其承袭了东方作家夸张的演说风格。通过这本著作，我对历史有了粗浅的认知，大致了解了现存于世的几个帝国，洞悉了世界各国的风俗习惯、政府机构和宗教信仰。我从中听闻了亚洲人生性懒散，希腊人天赋异禀、思维活跃，古罗马人骁勇善战、品德高尚，后来却衰落了，而强大的罗马帝国也走向衰败。我还听说了骑士精神、基督教和国王。我听到了美洲大陆的发现过程，跟萨菲一起为原住民的多舛命运落泪。

　　"这些精彩的讲述让我感到有些新奇。人真的能如此强大、如此高尚、如此伟岸，同时又如此邪恶卑劣吗？人类有时看起来不过是邪道的后裔，有时又像是集一切高贵和神性于一体。成为伟大而正直的人似乎是富有感情的个体所能获得的最高荣誉；而卑鄙和邪恶——正如许多有所记载的人那般——似乎是最低劣的堕落，比瞎眼的鼹鼠、无害的蠕虫还要卑劣。很长一段时间我都无法想象，一个人怎么会去谋杀他的同胞，我甚至不明白为什么会有法律和政府的存在。但等我听到犯罪和杀戮的细节时，我的疑惑就消失了，带着厌弃和嫌恶转身离去。

　　"现如今，他们的每一场对话都让我大开眼界。我听着费利克斯向那位阿拉伯女郎传授知识，奇怪的人类社会体系向我徐徐展开。我了解到了财产分配，有人家财万贯，有人一贫如洗；我听闻了阶级、出身和贵族血统。

　　"这些话让我开始审视自己。我知道了，你们人类最看重的是高贵纯净的血统与财富的结合。一个人只需拥有其中一项就能获得尊重。但除了极其罕见的情况，若是两者皆无，他就会被视作流浪者，视作奴隶，注定要为被选中的少数人的利益而浪费自己的才能。那我是什么呢？我对自己的创造者和创造过程一无所知，但我知道自己没有钱，没有朋友，也没有资产。除此之外，我还长得丑陋，令人作呕。我甚至跟人类的习性都不同。我比人类更敏捷，可以靠更粗糙的食物为生；我能够承受极端高温和严寒，身体为之遭受的伤害也更小；我的身量也远超人类体型。我环顾四周，没有看到、也没有听说过任何与我相似的人。那我就是个怪物吗？人人都逃离我，人人都与我划清界限，难道我是这地球上的一块污点吗？

"我无法向你描述这些思考给我带来的痛苦。我试着驱散这些想法，但学到的知识越多，我越难过。噢，我多希望能永远留在当初的那片森林里，除了饥饿、口渴和炎热，什么都不知道，什么也感受不到！

"知识可真是种奇怪的东西！它一旦抓住了你的思绪，就像苔藓紧紧吸附住了岩石一样。有时我希望能摆脱所有的想法和感受，可我又了解到，克服痛苦有且仅有一种方法，那就是死亡——一种我既害怕又理解不了的状态。我崇尚美德和美好的情感，也喜欢我所关注的那家人的温和举止和友好品质，但我没办法跟他们交往，只能在我不被看见也不被知晓的情况下，通过一些鬼鬼祟祟的手段去接触他们。可这样一来，我非但没有得到满足，反而更想成为他们中的一员了。阿加莎的温言软语、迷人的阿拉伯女郎的明媚笑容都不属于我，老人的温和劝诚和可爱的费利克斯的生动交谈也不是为了我。可悲的、不幸的可怜虫啊！

"其他课程甚至给我留下了更为深刻的印象。我了解到了两性之间的差异，孩子的出生和成长，父亲是如何珍视婴儿的笑颜，又多么欣喜于孩子成长后的活泼稚语，母亲是如何将毕生心血和关怀都倾注在了家庭上，青年人又是如何拓展思维、获取知识的；我知道了什么是兄弟、姐妹，还有将人与人相互联系在一起的各种各样的关系。

"但我的亲朋好友又在哪里呢？没有父亲照看我度过婴孩时期，没有母亲带着微笑和爱抚祝福我。即使有，我过去的生活只是个污点，是一片茫茫然的空白，我什么都辨不出来。从我能记事开始，我的个头和体型就一直是这样。我从未见过与我相似的存在，也没有人声称与我有过任何交际。我是什么呢？这个问题又浮现了出来，答案却唯有声声叹息。

"我很快就会解释这些感受会导致什么。但现在请允许我回到那一家人身上。他们的故事激起了我各式各样的情感，有愤慨、喜悦，也有惊奇，但这些最终都化成了对我的保护者（我喜欢这样称呼他们，是一种既天真、又半掺着痛苦的自我欺骗）更为深厚的爱意与崇敬。"

第六章

　　"过了好一阵子，我才了解我的朋友们的过往。这段往事深深印刻在了我的脑海中，种种场景向我展现开来，对我这种完全没什么见识的人来说，每个场面都既有趣又新奇。

　　"那位老人名叫德拉西，来自法国的一个名门望族，在那里生活了多年，富足优渥，备受达官贵人的敬重，也深受同辈喜爱。他的儿子为国效力，阿加莎则跻身于最显赫的名媛淑女之流。在我来到这里的几个月前，他们还住在一座叫巴黎的豪华大都市里，高朋满座。他们品德高尚，志趣高雅，品味优良，家底也算殷实，故而享有颇多乐趣。

　　"萨菲的父亲是他们倾家荡产的罪魁祸首。他是一名土耳其商人，在巴黎住了很多年，我也不知为何，反正他跟政府闹得不太愉快。就在萨菲从君士坦丁堡赶来与他团聚的那天，他被捕入狱了。他受了庭审，被判了死刑。判决之不公骇人听闻，整个巴黎都为之愤慨。大家都认为，他被判刑的原因是宗教信仰和个人财富，而不是所谓的罪行。

"费利克斯出席了庭审。听到法庭的判决后，他惊骇愤怒到难以自持。就在那一刻，他郑重起誓要把他救出来，然后他就开始四处奔波，找寻方法。在多次尝试获取入监许可未果后，他在监狱无人看守的地方发现了一扇防护栏破损严重的窗户，它照亮了那位不幸的伊斯兰教徒的地牢。他锁链加身，绝望地等待那野蛮的判决被执行。费利克斯趁着夜色来到了破窗前，向那囚徒表明了他想要帮忙的意图。那土耳其人又惊又喜，拼命许下报酬，想要激起救命恩人的热情来。费利克斯不屑一顾，拒绝了他的许诺。可是他看到了被允许来探监的可爱萨菲，她用手势表达了自己强烈的感激之情。彼时彼刻，这个年轻人不得不暗自承认，这位阶下囚的确拥有一件足以回报自己冒险相救的珍宝。

"那土耳其人很快就察觉到，自己的女儿在费利克斯心头留下了深刻印象，便承诺一旦他被转移到了安全的地方，就立马把女儿许配给他，好让他有颗定心丸吃。费利克斯十分审慎，没有接受这个提议。可他还是期待着这件事能够发生，让他可以幸福圆满。

"接下来的几天里，费利克斯一面着手于商人逃亡的准备工作，同时又收到了这位可人女孩的几封信，这令他倍感温暖，热情满满。女孩通过她父亲手下一个懂法语的老仆人，找到了用她爱人的语言来传情达意的方法。她以最热烈的言辞感谢了他的心意，同时也哀婉叹息了自己的命运。

"我有这些信件的副本，因为我住在茅屋时想办法获得了书写工具，而这些信件又常常在费利克斯或阿加莎手头。我离开前会把这些信都给你，它们可以证明这个故事的真实性。但现在，太阳都已经落山很久了，我只来得及向你复述信件的主要内容。

"萨菲讲，她母亲是一位阿拉伯基督徒，被土耳其人抓到，沦为了奴隶。因为貌美，她赢得了萨菲父亲的心，嫁给了他。这位年轻姑娘对她的母亲评价颇高，讲起来热情洋溢。她说她母亲生是自由身，如今却遭奴役，对此深恶痛绝。她教导女儿信奉自己的宗教，鼓励女儿追求更高的智慧、追求精神独立——这些在穆罕默德的女信徒中都是被禁止的。母亲已经去世了，但她的教诲在萨菲的脑海中留下了不可磨灭的印记。她一想到以后又要回到自己的家就恶心，她不想被禁锢在闺房的四壁中，只能沉迷于幼稚的玩乐——这种消遣已经不适合她的性格了，她现在已经习惯于追求伟大的理想和崇高的美德。嫁给一位基督徒，留在一个允许女性拥有社会地位的国家——这才是她所向往的。

"处决那土耳其人的日子已经定了下来。但在行刑前一晚，他就越了狱，在天亮前逃到了离巴黎数里格之远的地方。费利克斯以他父亲、妹妹和他自己的名义弄来了护照。他事先把计划告知了父亲，他父亲就以旅行为借口离开了家，同女儿一起藏在了巴黎的一处偏僻之地，以此来打掩护。

"费利克斯带着逃亡者穿过法国到了里昂，又越过塞尼山到了里窝那。土耳其商人决定就在那里等待进入土耳其领地的有利时机。

"萨菲决定留在父亲身边，直到他离开为止。在启程之前，那土耳其人再度承诺，他的女儿将嫁给他的救命恩人。而费利克斯则留在了他们身边，期待着婚事到来。与此同时，他也很享受有萨菲作陪。她对他表现出了最纯粹又最温柔的爱意。他们通过一位口译来交谈，有时也靠表情交流。萨菲还为他唱起了她家乡的美妙歌谣。

"那土耳其人允许他们这般亲密，还鼓励他们，给这对年轻恋人以希望。但其实，他心头早就开始打别的算盘。他不情愿让女儿嫁给基督徒，但又担心如果自己表现得太冷淡，会引起费利克斯的不满。他也知道自己还在救命恩人的掌控中，他们还栖身于意大利，如果费利克斯想，就可以把他出卖给意大利当局。他想了无数个计划来延长这场骗局，骗到不再需要费利克斯为止，然后在离开时把女儿也偷偷带走。而从巴黎传来的消息则为他的计划提供了极大的便利。

"法国政府对于囚犯逃跑一事大为恼火，不遗余力地侦查并惩处解救他的人。费利克斯的密谋很快就被识破了，德拉西和阿加莎被投入大牢。消息传到费利克斯耳里，让他从享乐的美梦中惊醒。他又盲又老的父亲和温柔的妹妹被关在了令人作呕的地牢里，而他却享受着自由的空气，有爱人做伴。这对他来说简直是折磨。他迅速与那土耳其人约定好，如果土耳其人在他返回意大利之前找到了逃跑良机，就让萨菲留在里窝那的女修道院寄宿。随后他就离开了可爱的阿拉伯女郎，匆匆赶往巴黎，任凭法律制裁，以期借此释放德拉西和阿加莎。

"他没有成功。他们被监禁了五个月才接受审判。审判的结果是剥夺财产，驱逐出境，永远不得回国。

"他们在德国的农舍里找到了一个惨惨戚戚的庇护所，我就是在那里发现他们的。费利克斯很快就得知，他和家人为了那个背信弃义的土耳其人忍受了前所未有的压迫，可那人一发现他的救命恩人沦落到贫穷潦倒的境地时，就忘恩负义，带着他女儿离开了意大利，还侮辱性地给费利克斯寄了一点点钱，说是为了帮他维持将来的生活。

"就是这些事情折磨着费利克斯的心，所以我第一次见他时，才觉得他是全家最愁苦的人。当这种苦难成为美德的代价时，他本可以忍受贫穷，他也能以此为荣。可那土耳其人忘恩负义，他又失去了心爱的萨菲，如此便是更为痛苦、更难以弥补的不幸了。而现在，阿拉伯女郎的到来给他的灵魂注入了生机。

"当费利克斯被剥夺了财富和地位的消息传到里窝那时，土耳其商人命令他女儿不要再想她的情人了，该准备和他一起返回祖国了。萨菲天性深明大义，对这一命令十分愤慨。她试图劝诫她的父亲，但他愤怒地离开了，还重申了一遍自己专横的指令。

"几天后，那土耳其人走进女儿的房间，匆匆忙忙地告诉她，他在里窝那的住处已经被泄露，他很快就要被移交给法国政府了。于是，他雇了一艘船送自己回君士坦丁堡，几小时后他就要启程了。他打算把女儿托付给一名值得信任的仆人照顾，等她方便了，再带着他尚未抵达里窝那的大部分财产一起过去。

"只剩萨菲一人时，她就在心里盘算着在这种紧急情况下她应该采取怎样的行动方案。住在土耳其令她深恶痛绝，她的宗教信仰和情感都不赞成她回去。她父亲的一些文件落到了她手里，她从中得知了爱人被流放的消息，也知道了他那时的居住地在哪里。她犹豫了一段时间，最后还是下定了决心。她带上了属于自己的一些珠宝和一小笔钱，跟着一个听得懂土耳其语的里窝那本地随从离开了意大利，动身前往德国。

"她安全抵达了离德拉西家的农舍约二十里格远的一个小镇，就在那时，她的随从病危了。萨菲尽心尽力地照料她，但那个可怜的女孩还是死了，留下她孤身一人，既不懂这个国家的语言，也完全不了解此地的风俗习惯。不过，她还是遇到了一些好心人。意大利随从提过他们要去的地方的名字，随从死后，她们借住房子的女主人很是照顾萨菲，帮她安全抵达了她爱人住的农舍。"

第七章

"这就是我心爱的那家人的过往，给我留下了深刻印象。故事展现出的一幅幅社会生活图景，让我学会了在钦佩他们的美德的同时，贬斥人类的恶行。

"那时我还把犯罪视作遥不可及的恶行，善意和慷慨一直在我眼前浮现，我内心生出了一个愿望来——那么多可歌可泣的品质在这里被唤醒并表现出来，我也想要成为这一繁忙场景中的演员。但是，要讲述我思想的成长，就不得不提到同年八月初发生的一件事。

"一天晚上，我像往常一样去邻近的树林里采集食物，并为我的保护者们砍些柴火。我在地上发现了一个旅行皮箱，里面有几件衣服和几本书。我迫不及待地捡起了这个战利品，带回了我的茅屋。幸运的是，这些书是用我在农舍学到的语言写成的，其中有《失乐园》①、一卷普鲁塔克的《希腊罗马名人传》②和《少年维特之烦恼》③。拥有这些珍宝让我欣喜若狂。现在，当我的朋友们都在忙于日常活计时，我却在不断地研究这些历史，锻炼自己的思维。

"我难以向你描述这些书带来了怎样的影响。它们在我心中生成了无穷无尽的新形象和新感觉，有时让我心醉神迷，但更多的时候则是让我陷入了最低迷的沮丧中。《少年维特之烦恼》不仅语言通俗易懂，故事生动有趣，其中还讨论了如此之多的观点，叫我一度豁然开朗，于是书中的内容成了我源源不断的思想源泉，叫我惊奇不已。书中描述的温文尔雅的家庭风范同舍己为人的崇高情操相融合，与我的保护者们的经历十分类似，也与我永远怀揣的渴求相吻合。不过我认为维特本人比我见过的、想象中的人都要更加神圣。他不狂妄自负，性格十分深沉。他对死亡和自杀做出的论述让我颇感惊奇。我无意对其自杀一事妄加评论，但还是跟这位英雄所见略同。我为他的消逝潸然泪下，却又不明白他的死因。

---

① 约翰·弥尔顿的史诗之作，包含了现代欧洲的主要创世神话，最初于1667年出版。——译者注

② 该书为罗马帝国时代著名希腊思想家普鲁塔克（45—120年）的作品，书中以古代希腊罗马时代广阔的历史舞台为背景，讲述了希腊罗马多位名人的传奇故事。

③ 歌德的书信体小说，于1774年首次出版，一经出版立即畅销欧洲。——译者注

"不过我阅读时，会大量代入自己的感受和处境。我阅读他们的故事，倾听他们的对话，我发现自己与书中人相似，但又奇异地有所不同。我同情他们，也有些理解他们，但我心智尚未成熟，我无依无靠、无亲无故。'离去之路仍畅通，'①也没有人会哀叹我的毁灭。我面目狰狞，身材魁梧——这意味着什么？我是谁？我是什么？我从哪里来？要到哪里去？这些问题反复涌现，而我却解答不了。

　　"我有的那卷普鲁塔克的《希腊罗马名人传》包含了古代共和国初创者的历史。这本书对我的影响远远不同于《少年维特之烦恼》。我从维特的想象中学到了绝望和阴郁，而普鲁塔克却教给了我高远的思想，让我超越了自怨自怜的凄哀沉思，去钦佩、去热爱过往时代的英雄。我读到的很多东西都超越了我的理解能力和经验范畴。我对王国、广袤的国土、滔滔江河和无边大海的认知就是一团乱麻，对城镇和大量集聚的人群又完全不了解。我的保护者们的农舍是我唯一可以学习人性的学校，而这本书却为我展开了崭新的、更为宏大的活动场景。当我读到那些管理公共事务的人类统治自己的同类，或是屠杀他们时，我感到心中升起了对美德的极度渴求和对恶行的深恶痛绝——就我的理解而言，'美德'和'恶行'这两个词的含义是相对的，我用起来也只是快乐和痛苦的意思。在这些情感的诱使下，我理所当然会崇拜温和的立法者努马②、

---

① 引自英国诗人珀西·雪莱所作的诗歌《无常》。
② 努马·庞皮利乌斯是罗马王政时期的第二位国王。——译者注

135

梭伦①和莱库格斯②，而不是罗慕路斯③和忒修斯④。我的保护者们的家长制的生活模式让这些观念在我的脑海中根深蒂固。若是一个渴求荣耀、崇尚杀戮的年轻士兵带着我初识人性的话，我或许会获得不同的感受吧。

"对我而言，《失乐园》则别有一番滋味，带来的感触也要深刻得多。和读手里的其他书一样，我把它也当作一部真实的历史来读。无所不能的上帝与他创造的生灵交战的画面别开生面，叫人惊奇不已。我还常常惊讶于故事中的几种情形与我的自身状况很是相似。和亚当一样，我也是被创造出来的，显然与其他任何现存的生命都毫无联系。但他的情况在其他方面都与我大相径庭。他自上帝手中诞生，是一个完美的生灵，幸福美满，受到了造物主的特别呵护。他被允许跟神灵交谈，能从他们那里获取知识，而我却可怜、无助，又孤独。很多时候我都觉得撒旦更合适来代表我的处境，因为我常常像他一样，目睹着我的保护者们过着幸福生活，心头就会升起苦涩的嫉妒之情。

"另一件事加剧了我的这种感受，使之板上钉钉。我刚到茅屋不久，就在从你的实验室拿走的衣服的口袋里发现了几张

---

① 梭伦是雅典早期著名诗人，也是雅典宪法的改革者。——译者注

② 莱库格斯是传说中斯巴达的立法者，普鲁塔克的《希腊罗马名人传》将之同努马作比。——译者注

③ 罗慕路斯是传说中罗马王政时期的第一位国王，因争夺权力导致自己的孪生兄弟勒莫斯暴毙，曾犯下劫掠萨宾妇女的暴行。——译者注

④ 忒修斯是传说中的雅典国王，因自己的过失导致了自己的父亲埃勾斯意外去世，曾劫走宙斯之女海伦，试图占为己有。——译者注

纸。起初我忽视了它们，但现在我能够破译这些纸上的文字了，于是我就开始认真研究起来。那是你在造出我之前那四个月的日记。你在这些纸中详尽描述了工作中取得的每一步进展。这段往事还跟你的家事交织在了一起。你自然还记得这些纸。看，就在这里。这里记下了跟我的不幸出身有关的每件事，一系列令人作呕的制作细节都一览无余，还对我那丑陋、恶心的模样进行了详尽的描写。你字字句句都描绘出了你自己对我的恐惧，连我自己都惊惧到无以复加。我边读边觉得恶心。'我获得生命的那一天真是可恨啊！'我痛苦地喊道，'该死的造物者！你为什么要造一个这么丑陋的怪物出来，丑到连你自己都厌弃我？上帝垂怜，按照他自己的形象造出了美丽迷人的人类，而我的外形却污秽不堪，还因为极其似人而更为可怖。撒旦都有恶魔做伴，他们欣赏他、鼓励他，而我却孤身一个，遭人厌恶。'

"这些都是我在孤独绝望时的所思所想。可我想到那家人的美德和友爱亲切的品性时，我又说服自己，等他们知晓了我对他们美德的钦佩时，他们会同情我的，他们会忽略掉我这畸形丑陋的身体。不管长得有多怪，他们能把一个乞求他们同情和友谊的人拒之门外吗？我决心至少不要绝望，而是要想方设法提升自己，好能跟他们会一次面，而这将决定我的命运。我把这一尝试又推迟了几个月，因为成功与否对我来说至关重要，我害怕会失败。此外，我也发现自己的理解能力随着阅历增加而提高了很多，所以我想再等几个月，等我变得更为机智聪慧，再来采取行动。

"在此期间，农舍里也发生了一些变化。萨菲的出现给这家人带来了快乐，我还发现他们的生活也更宽裕了。费利克斯和阿加莎花了更多的时间在娱乐和交谈上，他们的劳作也有了仆人相助。他们看起来并不富有，但却心满意足。他们宁静祥和，而我的心情却一天比一天起伏不定。知识增长了，却只会让我更清楚地发现自己是一个多么可怜的弃儿。诚然，我也曾怀有希望，但当我看到水中倒映的身影，看到月光下的影子时，希望就像那易碎浮光、变幻掠影一般，都消散不见了。

　　"我努力破除这些恐惧，为我决意在几个月后要经历的考验武装好自己。有时，我任由自己的思绪在仙境原野里漫游，不受理智束缚，大胆幻想那些友好可亲的生灵会与我共情，抚去我的阴郁。他们有着天使般的面容，流露出安抚的微笑。可这一切都只是个梦罢了：没有夏娃抚慰我的忧伤、分享我的所思所想。我是孤独的。我想起了亚当恳求他的造物主，可我的造物主又在哪儿呢？他抛弃了我，我满心痛苦地咒骂他。

　　"秋天就这样过去了。我看到树叶凋零飘落，又惊又哀。大自然再一次呈现出我初见树林和皎月时的荒芜凄凉。不过我并不在意天气凄不凄凉，比起炎热，我的体质更能忍受寒冷。可是最叫我开心的还是有花有鸟的景致和一切夏日美景。当这些都弃我而去时，我便更加关注农舍里的那些人了。他们的幸福并没有因为夏天离去而减少。他们相亲相爱、惺惺相惜；他们的欢乐同彼此休戚相关，不因身边环境的萧瑟而改变。我越是关注他们，就越是渴望得到他们的保护和善待。我心生向往，想要被这些可亲之人了解、喜爱——能看到他们向我投来带着爱意的温柔目光，就是我最大的心愿了。我根本不敢去想他们会惧怕我、对我弃如敝屣。停在他们家门口的穷人都从来没有被赶走过。诚然，我求的并不仅仅是一点食物或是容身之处，我要的是善意和怜惜，但我并不觉得自己完全配不上这些。

"冬日降临。自我诞生于人世以来，四季已经轮转过一回。此时，我的注意力完全集中在了我的计划上，我要把自己介绍给农舍里的保护者们。我斟酌了很多种方案，最终确定的计划是在盲眼老人独自一人时进入农舍。我已经足够聪慧，发现了对那些曾见过我的人而言，我那不自然的狰狞面目是他们最为害怕的东西。我的声音虽然刺耳，但并不恐怖。所以我想，若能在他子女不在的情况下得到老德拉西的善意，他再帮我斡旋一下，或许我就能借他之手得到年轻一辈的接纳。

"一天，阳光洒在满地的红叶上，尽管没有暖意，却也让人心情愉悦。萨菲、阿加莎和费利克斯去乡间远足了，老人则照自己的意愿独自留在了农舍里。儿女们走后，他拿起吉他，弹奏了几首哀伤悠扬的曲子，比我以前听他弹过的曲子都要哀伤悠扬。起初，他的脸上还洋溢着愉悦，可弹着弹着，又浮现出了深思和忧伤来。最终，他把琴放在了一边，坐在那里，陷入了沉思。

"我的心怦怦直跳。这就是考验的时刻，要么得偿所愿，要么坐实我的恐惧。仆人们都去了附近的集市，农舍内外一片寂静。这是一个绝佳的机会。可是，当我要开始实施计划时，我的四肢却不听使唤了，我直接倒在了地上。我又站了起来，使出浑身解数，搬开了我放在茅屋前遮掩的木板。新鲜的空气让我又活了过来，我重整旗鼓，走近了农舍的门口。

"我敲响了门。老人说：'谁啊？请进。'

"我走了进去。'恕我冒昧，'我说，'我是个旅者，想要休息一会儿。如果您能允许我在炉火前待几分钟的话，我将感激不尽。'

"'进来吧，'德拉西说，'我会尽我所能满足你的需求。不过很不巧，我的孩子们都不在家，我又是个盲人，恐怕很难给你弄到吃的了。'

"'不必麻烦，好心的主人，我有吃的。我需要的只是温暖和休息。'

"我坐了下来，而后是一阵沉默。我知道每一分钟对我来说都弥足珍贵，但我还是犹豫不决，不知道该用什么方式开启这次谈话。就在这时，那位老人对我说话了：

"'陌生人哪，听你说话，我想你该是我的老乡吧——你是法国人吗？'

"'不是，但我是在一个法国家庭受的教育，也只懂法语。我现在要去找一些朋友寻求庇护。我爱他们爱得真切，也对他们能帮我抱着一定的期望。'

"'他们是德国人吗？'

"'不，他们是法国人。要不还是换个话题吧。我是一个命运多舛的弃儿。放眼四顾，我在这世上无亲无故。我要去找的

这些可亲之人从未见过我，对我也一无所知。我非常害怕，因为要是我这次失败了，就会被这个世界永远地抛弃了。'

"'不要绝望啊。没有朋友确实很不幸，但要不是出于明显的私利而有所偏见的话，人们都还是富有情谊、心地善良的。所以啊，你要保持希望。如果你这些朋友善良可亲，那就不要绝望了。'

"'他们是很善良——他们是这世上最美好的人。但不幸的是，他们对我有偏见。我性格很好，活到现在也一直没伤害过别人，在某种程度上还算是做过好事。可是致命的偏见蒙蔽了他们的双眼，他们本应看到一个富有感情的善良友人，但现在却只能看到一个令人憎恶的怪物。'

"'那确实很不幸。但你倘若真的无可指摘，那也不能让他们清醒过来吗？'

"'我要去做的正是这件事。也正因如此，我才觉得恐惧。我爱这些朋友爱得温柔。好几个月来，在他们不知情的情况下，我习惯每天都帮助他们，但他们却认为我想伤害他们。我想克服的正是这种偏见。'

"'这些朋友住在哪里呢？'

"'就在这附近。'

"老人顿了一下，接着说：'如果你能把你的故事详情毫无保留地告诉我，我也许能帮你让他们清醒过来。我是个盲人，评判不了你的长相，不过你的言语中有些东西让我能相信你的真诚。我穷困潦倒，还在流放中，但要是能为一个人做点什么，

我真的会很高兴。'

　　"'您真是个好人！谢谢您，我也接受您的慷慨提议。您的好意把我从尘埃中捞了出来。我相信，在您的帮助下，我不会被您的同胞驱赶，也不会失去他们的怜惜。'

　　"'但愿如此！就算你真是个罪犯，也不该被那样对待。因为那样只能让你走向绝望，而不会促使你向善。我也很不幸，尽管我们是无辜的，但我和我的家人还是都被判刑了。你可以据此推断我能不能理解你的不幸。'

　　"'我该怎么感谢您呢，我最好的恩人，我唯一的恩人哪！我从您的口中第一次感受到善意。我会永远感激您的。有您现在的仁慈作保，我相信我能跟那些即将见到的朋友成功会面了。'

　　"'我能知道那些朋友的姓名和住所吗？'

　　"我顿了一下。我想，这就是决定性的时刻了——要么就永远夺走我的快乐，要么就赐予我永久的幸福。我徒劳地挣扎着，想要足够坚定地回答他，但此番努力耗尽了我全部的力气，我瘫在了椅子上，放声大哭了起来。就在这时，我听到了年轻的保护者的脚步声。我一刻也耽搁不起了。我抓住了老人的手，哭喊道：'就是现在！——救救我，保护我吧！您和您的家人就是我在找的朋友。请不要在这审判之时抛弃我啊！'

　　"'苍天啊！'老人喊道，'你是谁？'

　　"就在那时，农舍的门开了，费利克斯、萨菲和阿加莎走了进来。谁能说出他们看到我时的惊恐愕然呢？阿加莎晕倒了，萨菲顾不上她的朋友，直接冲出了农舍。我紧紧抱住了老人的膝盖，而费利克斯飞奔上前，用超乎常人的力量把我从他父亲身边扯开了。他气急败坏地把我扑倒在地，用棍子猛地打我。我本可以像狮子撕咬羚羊那般把他撕成碎片，但我的心沉沉下坠，还是忍住了。这时我已经被疼痛和苦闷征服，眼见他还想再给我一击，便逃离了农舍，在一片混乱中神不知鬼不觉地逃回了我的茅屋。"

第八章

　　"该死的、该死的造物者啊！我为什么要存活下来？为什么，在那个瞬间，我没有掐掉你胡乱点起的生命之火呢？我也不知道。彼时我还没有被绝望占据，我感受到的还只是愤怒和仇意。我本可以痛快毁掉那农舍、屠掉那家人，纵享他们的尖叫和惨痛。

　　"夜临时分，我从藏身处出来，去林中游荡。事到如今，我再也不害怕被谁发现了。我怒号着叫嚣出我的苦痛。我就像是终于挣破了罗网的野兽，摧毁掉一切阻碍我的事物，如同矫健的雄鹿一般在林中乱闯。嗬！我度过了多么凄惨的一晚呀！冷冰冰的星子嘲讽地闪烁着，光秃秃的树在我头顶摇晃枝丫，时

144

不时有悦耳的鸟鸣划破无边的寂静。除我之外，万事万物都在休憩、都在享乐。而我却仿若一个大魔头，心头坠着座无间地狱。发现无人与我共情之后，我就想要把这些树都连根拔起，在四周大肆作乱，而后再坐下来欣赏这一片废墟。

"然而这样奢侈的畅想根本无法持续。我因为身体的过度劳累精疲力竭，在无能为力的深深绝望之中瘫进了潮湿的草地里。世间千千万万人，没有人会同情我，也没有人愿意帮助我——那我还该对自己的敌人抱有善意吗？不。自那刻起，我就对人类发起了永恒的战争，并且，在所有人中，我尤其要对那个创造了我、又把我置于如此孤立无援的惨状之中的人宣战。

"太阳升起，我听到了人类的声音，便知道当天是没法回到自己的藏身之处了。于是我躲进了一片茂密的灌木林里，决定在接下来的几个小时里思索自己当下的处境。

"日光悦人，空气纯澈，我又渐渐平静下来。我细细回顾农舍中发生的一切，不禁觉得我之前的结论下得太过仓促。我肯定是行事太莽撞了：很显然那老人已经对我的言谈有了兴趣，情况是对我有利的。可我太傻了，居然把自己暴露在了他的孩子面前，引起了他们的恐惧。我本应该先让老德拉西跟我熟络起来，等到他的家人对我的到来做好了准备，再渐渐地让他们发觉我的存在。但我也不觉得我犯的错是不可挽回的。于是，深思熟虑之后，我决心要重回农舍去，去找那个老人说明原委，获取他的支持。

"这些想法让我平静了下来，下午的时候我终于陷入了沉睡。可是我的热血还在沸腾，不容许我享有清梦。先前那天的骇人景象在我眼前一遍又一遍地上演：女人们四散飞逃，怒不可遏的费利克斯把我从他父亲的脚边扯开。我精疲力竭地醒来，发觉已经入夜了，便从藏身之处爬了出来去找点吃的。

"吃饱之后，我就径直迈向了通往农舍的熟悉小路。那里风平浪静。我爬进了我的茅屋，静待着这家人起床。那个时间点过去了，太阳已经高攀入云霄，而住在农舍里的人却并没有现身。我浑身止不住地颤抖，担心会不会发生了什么可怕的灾祸。农舍里面很黑，我也没听到任何动静。这种悬而未决的痛苦令我说不出的难受。

"不久就有两个乡民路过这里，他们停在了农舍附近，开始激烈地比画着交谈了起来。可我听不懂他们在说什么，他们说的是本地话，跟我的保护者们说的话不一样。不过很快费利克斯就同另一个男人一起现身了。我很诧异，因为我知道那天早上他根本就没从农舍中出来过。我焦急地等啊等，想要从他的言语中发掘出点东西，去推断这些反常到底意味着什么。

"'你想过没有，'费利克斯的同伴对他说，'你要白给三个月的租金，还得损失掉园子里的收成。我也不想占便宜，所以，还是请你再花几天时间考虑一下你的决定吧。'

"'再怎么考虑也没用，'费利克斯回道，'我们永远都不会再住你的房子了。我已经给你讲过了当时的情形有多可怕。我父亲因此面临着生命危险，我的妻子和妹妹也永远没办法从惊恐中缓过来了。我求你不要再劝我了，把你的房子拿回去，然

后让我远走高飞吧。'

"费利克斯讲话的时候抖得很厉害。他跟那个人进到了屋子里，在里面待了几分钟，然后就走了。此后我再没见过德拉西家里的任何一位。

"那天余下的时间里，我都继续待在我的茅屋中，心如死灰，呆若木鸡。我的保护者们已经离开了，也斩断了我同这个世界的唯一联系。我第一次感受到仇恨的怒火充斥着胸腔，我也不想去控制，反倒任凭自己被激荡的情绪烧干烧尽，一心只想着伤害和杀戮。可是当我想到我的朋友们，想到德拉西的温和嗓音，想到阿加莎的柔情双眸，想到阿拉伯姑娘的俏丽容貌时，这些念头又都消失殆尽了。泪水滚滚而下，略略抚慰到了我。然而，当我想起他们已经踹开了我、抛下了我时，愤怒就又卷土重来了——我的怒火滔天。可因为无法伤害任何人类，我就只能将怒火发泄到没有生命的东西上去。夜晚降临时，我在农舍的四周堆上了很多易燃物。在毁掉菜园中的一切作物之后，我不得不等到月亮下山才开始我的行动。

"夜色愈深，林中刮起了猛烈的风，很快就把天际浮游的云都吹散了。疾风摧枯拉朽而来，有如排山倒海，吹得我心神狂乱，燃尽了一切理性和明思。我点燃了一根枯枝，绕着这座即将献祭的农舍一边狂舞着，一边紧盯着西方的地平线，看那月亮将要挨上边际。圆月终于隐去一部分了，我挥舞起了我的火把；月亮沉下去了，于是我长啸一声，点燃了我之前堆起来的稻草、石楠和灌木。狂风助长了火势，农舍转眼就陷入了火海之中。烈火熊熊，叉开的火舌舔舐着房屋，摧毁了一切。

"待我确信这个房子已经完全无从救起时，我就立刻离开了现场，逃去林中躲了起来。

"如今，大千世界就在我面前，我又该何去何从？我决心要远离这伤心地，但是对我这样遭人恨又惹人厌的人而言，无论去哪里肯定都是一样的糟糕透顶。最终，我的脑海中闪过了你。我从你的那些纸片里得知了你是我的父亲，是我的创造者。而对我来说，除了给予我生命的人，还有谁更适合我去投奔呢？费利克斯给萨菲上的课中也教地理知识，我从中学到了地球上不同国家的相对位置。你提到过你家乡的名字叫日内瓦，于是我便决定要前往那个地方。

"但我该怎么辨路呢？我知道自己必须向着西南方走才能抵达目的地，可我唯一的向导就只有太阳。我不知道要途经的城镇都叫什么名字，也不能向任何人问路。不过我并没有绝望。尽管我对你唯有憎恨，但我只能期望从你身上得到拯救。冷酷无情、铁石心肠的创造者啊！你赋予了我知觉和情感，却又把我扔到异国他乡，变成了人类咒骂恐惧的对象。可是只有从你身上我才能索要同情和补偿。我决定向你讨个公道——讨要一下我徒劳地想要从其他披着人皮的东西身上寻求却无法得到的公平正义。

"旅途漫长，苦难重重。我在深秋时节离开了居住已久的地方。因为害怕见到人类，所以我只在晚上行路。万物褪色，日头失温，雨雪倾盆。奔腾的河流都冻住了，地表变得僵硬冰凉、光秃秃一片，而我却无处容身。哦，大地啊！我曾多少次向你诅咒那个让我诞生的源头啊！我性格中善良的一面褪去了，只剩下彻头彻尾的怨怼和苦恨。离你所在的地方越近，我就越能强烈地感受到内心燃起的复仇之火。雪花飘落，水流结冰，而我却不曾休憩。一路上时不时会有一些事情为我引路，我也得到一张这个国家的地图，但我还是常常走偏了路。痛苦叫我片刻不得安宁：没有任何事情让我的愤怒和痛苦得以宣泄。当我抵达瑞士边境时，日头已经回暖，绿意重归大地，然而此时却发生了一件事，用一种特殊的方式加剧了我的苦涩与恐惧。

"我通常在白天休息，只在夜色掩护下才赶路，以免被人看到。可是一天清晨，我发现前路要穿过一片密林，就冒险在日头升起之后继续赶路了。那是初春的某一天，阳光明朗，空气宜人，连我都欢欣雀跃起来。我感受到本已消失很久的轻松和愉快的感觉在我体内复生。我一面讶异于这些新鲜的情绪，一面也允许自己被这些感觉牵着走。我忘记了自己有多孤苦、多么畸形丑陋，竟也妄想着变开心起来。我的脸颊又一次被热泪沾湿，我甚至满含感激地抬起了湿润的眼，望向那赐予我此般欢愉的神圣的太阳。

"我继续在林间小路中曲折前行，直至树林尽头。一条又深又急的河流环绕着林边，很多树枝都伸进了河里，正在骀荡春意中冒着新芽。我不太确定该走哪条路了，于是就在这里停了下来。这时我听到有人声传来，于是赶紧躲到了一棵柏树下去。我刚要躲好，一个小女孩就笑着跑向了我藏身的方向，像是要躲开谁。她沿着陡峭的河岸一直跑着，突然，她脚底滑了一下，然后就掉进了湍急的河流中去。我从藏身之处冲了出来，费尽千辛万苦去跟激流抗争才把她救了下来，拖到了岸上。她已经意识全无。我竭尽全力想要救活她，可一个村夫突然过来打断了我。这个人大概就是女孩之前嬉笑着躲开的对象吧。他一见到我就冲了过来，把女孩从我的臂弯里拽出来，然后朝着树林深处匆匆跑走了。我急忙追了上去，自己也不太懂为什么。但是这个男人看到我跟近了，就用他随身携带的一杆枪瞄准了我的身体，而后开了火。我栽倒在地，那个打伤我的人却越跑越快，逃进林中去了。

"这就是我与人为善的回报！我救了一个人的命，而作为奖赏，我现在却皮开肉绽，连骨头都碎了，痛到满地打滚。就在片刻之前我还以温和友善为乐，如今就都让位于无间怒火和切齿之恨了。疼痛激得我狂怒，我发誓要憎恨人类一辈子，不报这血海深仇决不罢休。可伤口实在是太痛了，我的脉搏停止了跳动，我昏了过去。

"有好几周我都在树林里悲惨度日，想方设法治疗伤口。子弹打进了我的肩膀，我也不知道是留在了那里，还是穿透了出去。反正不论如何，我都没办法把子弹取出来。人们待我不公不正、忘恩负义，我因此更觉压抑，愈发痛苦。我天天发誓要复仇——要发起强而有力的复仇，去索人性命，这样才能弥补我遭受的一切暴行和苦难。

"几周过后我的伤口愈合了，于是我又开始继续前行。春日暖阳或是习习微风已经不再能平息我的奔波劳碌了，一切欢乐不过是嘲讽着我的孤苦无依，叫我倍加痛苦——因为我根本就不是为享乐而生的。

"但我的艰苦跋涉也总算快要到头了。两个月后，我抵达了日内瓦近郊。

"我到的时候是傍晚，于是在田野中找了个藏身处，以便好好思考应当用什么姿态来面对你。我又累又饿，郁结于心，以至于根本无法享受习习晚风，也无法领略太阳从巨大的侏罗山上落下的景致。

"我浅眠了一场，从冥思苦想的痛苦中缓了过来。可这时突然来了个漂亮的孩子，打搅了我的清梦。他带着孩童般的顽皮跑进了我的休憩处。盯着他看时，我的脑海中突然闪过一个念头。我想这个小家伙是没有成见的，他还少不更事，还不至于对畸形的身体产生恐惧。因此，如果我可以逮住他，把他教化成我的同伴和朋友，那么我就不用再在这个世间踽踽独行了。

"在这种冲动的驱使下，我就在这个男孩经过时抓住了他，让他面对着我。他一看到我的样子就用双手捂住了眼，放声尖叫起来。我硬把他的手从脸上扒开，跟他说：'孩子，你这是做什么？我没有要伤害你的意思，你听我说。'

"他挣扎得很厉害。'放我走，'他哭叫着，'怪物！丑东西！你想要吃掉我，把我撕成碎片——你是吃人的魔鬼——放我走，不然我就要告我爸爸去。'

"'孩子，你再也见不到你父亲了，你必须跟我走。'

"'丑八怪！放我走。我爸爸是市政官——他是弗兰肯斯坦先生——他会惩罚你的。你才不敢留下我。'

"'弗兰肯斯坦！那你就是我的敌人了——我发过誓，要跟他永远不共戴天。我就先拿你开刀了。'

"那个孩子还在挣扎，取好多难听的外号骂我，骂得我心灰意冷。我捏住他的喉咙想让他安静下来，结果不一会儿他就倒在我的脚边，死了。

"我盯着我手下的牺牲品，为着恶念的取胜而满心狂喜。我拊掌大叫道：'我也可以制造惨剧呀，我的敌人也并非坚不可摧。这孩子的死会让他绝望万分，这样的不幸再演个上千出，就能折磨死他、摧毁掉他。'

"我凝视着这孩子时，看到他的胸口有什么东西闪着光。我把那东西取了下来，发现是一幅绝美的女人肖像。尽管我恨意滔天，但那肖像还是让我的心柔软了下来，吸引住了我。我兴致勃勃地盯着她看了好一会儿，看她睫毛修饰下深邃的黑眼睛，看她动人的唇瓣。但我的愤怒很快就又卷土重来。我想到自己永远没资格享受到这样美丽的生灵能给予的欢乐。我现在盯着她的画像看，可等她一看到我，就不再会散发出温和的圣光来了，她定是会神色一变，转为惊恐和厌恶。

"你能想象吗？一想到这我就怒不可遏。可我唯一奇怪的是，彼时彼刻我为什么只是惊呼怒号，发泄着我的种种情绪，却没有冲进人群里，在试图毁掉他们的斗争中让自己也粉身碎骨。

152

"这些情绪汹涌而来时，我离开了杀人现场，去寻找更为隐蔽的藏身处。就在那时，我察觉到有个女人走近了我。她很年轻，没有我手头的肖像那么美，但也挺讨人喜欢的，还洋溢着青春和活力。我想，这就是那种会对所有人微笑，但除了我的人。她也不该逃掉。多亏了费利克斯的教训在前，也多亏了人类的那些嗜血的法律，我现在也学会了罗织罪名。我神不知鬼不觉地靠近了她，把那幅画像稳稳当当地塞进了她的裙褶里。

"我在案发现场转悠了好几天，有时候想要见到你，有时候又决意要永远地离开这世界，离开人间苦难。最终我游荡到了群山之中，穿过了一个个巨大而隐秘的山洞。一股灼热的激情折磨着我，也只有你才能满足我了。除非你保证可以遵从我的要求，否则我是不会离开你的。我孤身一人，凄凄惨惨，人们都不跟我交往。但若是有个跟我一样畸形又可怕的人在，那她是不会拒绝我的。我的同伴必须得跟我是同类，也必须有我一样的缺陷。你必须得造一个这样的东西出来。"

第九章

这东西言毕之后就将目光投向了我，期待我能有所答复。可我却觉得困惑不解、茫然无措，理不清思路，无法明白他想要什么。他复又说道：

"你必须造一个女性给我，我可以同她一起生活，交换生存必需的共情。只有你能办到这一点，我有权要求你这样做，你不得拒绝。"

当他讲述自己同那户人家一道度过的平静生活时，我的怒火原已消散，可他故事的后半部分复又点燃了我的心头怒火。现在听他这样说，我便再也抑制不住心头的熊熊怒火了。

"恕我拒绝，"我回道，"就算一切酷刑加身都不能迫使我同意你的要求。你可以让我变成世上最最凄惨的人，但你永远没办法让我变成自己都看不起的卑劣之徒。我要再造个像你一样的东西，让你们一同作恶、毁天灭地吗？滚吧！我已经给了你答复了，你尽可以折磨我，但我是绝不会同意的。"

"你错了，"那恶魔回答我道，"我更乐意跟你讲道理，而不是威胁你。我恶毒是因为我过得太惨。难道我没有被全人类唾弃憎恨吗？而我的造物者——你，则会把我撕成碎片，庆祝胜利。记住这点，然后告诉我，为什么我同情人类胜过人类同情我？若是你能把我猛然扔进那些冰缝中的一条，毁掉我的躯体，毁掉你的亲手之作，你都不会称之为谋杀。如果人类侮辱我，我还要回应以尊重吗？若人类能与我友善共处，那我不但不会伤人，反倒会因为被接纳而感激涕零，投桃报李。但这根本就不可能。人类的情感是我们握手言和时不可逾越的障碍。可我也不会屈服于去做下贱的奴役。受到的伤害我都要报复回来。如果我激发不了爱，那我就要引发恐慌。我首先要报复的便是你——我的宿敌，我的造物者，我发誓要永远仇恨你。小心点吧，我立志要毁掉你，不让你心如死灰、咒恨自己为何诞生于世，我是不会善罢甘休的。"

他说这话时怒火中烧，宛如魔鬼，面孔因愤怒而扭曲，令人无法直视。但他很快就冷静了下来，接着说道：

"我是想要讲道理的。如此激愤对我来说有害无益，你也没有意识到，就是因为你我才会如此过激。要是有任何人能对我抱有善意，那我都会百倍、千倍地回报回去。为了这样一个人，我愿意同所有人类和平共处！可我现在却沉浸在不可实现的美梦中。我对你的要求合情合理，我要一个跟我性别不同，但要跟我一样丑陋的生物。虽然这能带来的满足感不多，但已经是我能得到的全部了，我会为此心满意足的。诚然，我们会成为怪物，与世隔绝。但也正因如此，我们会更加依恋彼此。我们的生活不会幸福，但也于他人无害，我不会感受到现在这样的痛苦。嗬！我的造物者啊，就让我幸福吧！让我因你施予我一次恩惠就对你心存感激吧！让我看到自己终于得到一点同情心吧！别拒绝我的请求！"

我被打动了。虽然一想到同意他的要求可能会带来的后果，我就不寒而栗，但我又觉得他辩解得有一定道理。他的故事、他现在展露出来的情绪，都证明了他是一个感情丰富的生物。而我作为他的创造者，难道不能给他我力所能及的一切让他幸福吗？他看出了我的感情变化，又继续说道：

"如果你同意的话，那么你和其他人都不会再见到我们了。我要到南美广袤的旷野里去。我跟人类吃的东西不一样，也不会为了满足口腹之欲去杀害小羔羊和小山羊，橡子和梅果就能给我提供充足的营养了。我的同伴天性会跟我相同，也会满足于同样的饮食。我们会用枯叶铺床。阳光会像照耀人类一样照耀着我们，会使我们的食物成熟。我为你展现的图景平静又有人情味，你肯定也觉得，只有铁石心肠、残忍无道之人，才会拒绝我的请求吧。虽然你对我一向无情，但我现在也从你的眼中看到了怜悯。就让我抓住这一有利时机，说服你答应我如此热切的期望吧。"

"你说，"我回答道，"要远离人类栖息地，去住在荒野里，只跟野兽相伴。可你又渴望得到人类的爱与同情，那又怎么能熬得住这种流放呢？你会回来的，你会再次寻求人类的善意，又会再度遭到他们的憎恶。你会重燃恶念，到那时你还会有个同伙来帮你为非作歹。这种事不能发生，我不会同意你的请求的，不用再为此费口舌了。"

"你的情绪真是反复无常！刚刚你还为我的陈述动容，为何现在又对我的控诉冷酷无情了呢？我以我所居之地以及造我之你起誓，有了你赐予我的同伴，我将离开人类社会，随遇而安，住到最为荒芜的蛮夷之处去。我的恶念将荡然无存，因为我会得到同情。我的生命将静静流逝，在我弥留之际，我也不会诅咒造我之人。"

他的话对我产生了奇特的效果。我同情他，有时还想要安慰他。可我看着他，看着那污秽的一团在动、在说话，我就又恶心起来，恻隐之心都化作了恐惧与仇恨。我努力想遏制住这些感觉。我想，尽管没办法跟他共情，但我也无权剥夺他的一小部分幸福——况且还是我力所能及可以给予他的。

我说："你发誓说不加害于人，可你不是已经展现出了一些恶意吗，我也有理由不信任你吧？甚至你说的这些难道不会是个幌子吗，只是为了你能更好地复仇增加胜算吧？"

"此话怎讲？我以为我已经打动了你，引发了你的恻隐之心，可你却还是拒绝施予我能令我心软、不再为害的唯一恩惠。

要是我无牵无挂、无情无义，那我此生注定是要恨意滔天、作恶多端了。来自他人的爱会根除掉我犯罪的源头，我将从此销声匿迹，无人在意。我之所以作恶，是因为世人强加于我的孤独，我憎恨这样的孤独。当我跟同类共同生活时，我必然会生出美德来。我将感受到来自有血有肉之人的爱，我会跟万事万物产生联结，再不会像现在这样被排除在外。"

我顿了一会儿，思考他的所言所语，琢磨他列出的种种论据。我想到了他诞生之初表现出来的可期美德，想到后来他的保护者们对他展现出来的厌恶和蔑视，他所有的善意也都随之覆灭。我权衡之时并没有忽略掉他的力量和潜在的威胁：这个生物能够在冰川的洞穴中生存、在人迹罕至的悬崖峭壁上躲避追捕，想要对付他只会是徒劳无功。我停下来思考了良久，而后得出结论：我必须满足他的要求，既是为了给他个公道，也是为了对我的同胞们公平。于是，我转身对他说道：

"我同意你的要求。你要庄严起誓，一旦我把一位女性交到你手里伴你流亡，你就要永远离开欧洲，永远离开人类邻近的所有地方。"

"我发誓，"他喊道，"我以太阳和蓝天起誓，如果你答应我的祈求，只要太阳和蓝天还在，你就永远不会再见到我。回家开始你的工作吧。我会无比焦虑地留意着你的进展。不过不用担心，等你完工了，我自会出现。"

说罢他就突然离开了我，或许是害怕我会改变主意。我瞧见他以比飞翔的老鹰还快的速度迅速下了山，很快就消失在了起伏的冰海中。

他的故事讲了整整一天，等他离开时，太阳已经贴近地平线了。我知道自己应该赶紧下山，不然很快就会被黑暗围困，但我却心情沉重，步履迟缓。山间小路蜿蜒曲折，我在前行时步履艰难，加之又沉浸在白天发生之事带来的情绪里，我很是茫然无措。我走到中途休息的地方时，夜已经深了。我坐在泉水边。云层从头顶掠过，星子时隐时现地闪。黑松在我眼前拔立，地上到处横着断木。这幅庄严景象在我心头激起了异样的思绪。我心酸垂泪，痛苦地攥紧双手，喊道："噢！星啊，云啊，风啊，你们都在嘲笑我。要是你们真的可怜我的话，就消除我的情感和记忆，让我变得一无所有吧。倘若不能，那就离开吧，离开吧，留我在黑暗里吧。"

这些想法真是疯狂又可悲，我无法向你述说永远闪烁的星子是如何让我心情沉重，我又是如何去倾听每一阵风吟，仿佛那是沉闷狰狞的暴风迎面而来，意欲吞噬掉我。

在我到达夏蒙尼村之前，天已经蒙蒙亮了。我的家人们一整晚都在焦急地等我回来，可我现在如此憔悴又怪异，这样出现，怕是难以平息他们的忧虑。

第二天我们回到了日内瓦。家父此行是为了转移我的注意力，让我重回平静，但这剂药太致命了。他没法解释我为何看起来更痛苦了，于是便匆匆赶回了家。不管我痛苦的缘由为何，他都期望宁静单调的家庭生活能慢慢减轻我的苦痛。

就我自己而言，我对他们做出的一切安排都消极对待，我心爱的伊丽莎白的柔情爱意也不足以把我从绝望的深渊中拉出来。我对那魔头许下的诺言沉沉地压在了心头，就像但丁的铁风帽罩在了地狱伪君子的头上①。天地间的一切欢乐都在我眼前如梦而逝，对我来说，只有那个念头才是生命的真实。你能想象到吗？有时我会心神狂乱，频繁看到周围有一群肮脏的动物在不停地折磨我，让我常常发出惨叫、痛苦哀号。

不过，这些情绪又渐渐平息了下来。我重新投入到了日常生活中去，即便兴致缺缺，至少也算是有了某种程度上的平静。

（第二卷完）

---

① 指但丁《神曲·地狱篇》中所述场景，伪君子在地狱中穿着分外沉重的金属长袍和风帽，接受惩罚。——译者注

第三卷

第一章

时光日复一日，周复一周地流逝。我回到了日内瓦，却没办法拾起勇气重新开始工作。我害怕那魔头会失望报复，可面对这强加于身的任务，我又无法克服自己强烈的厌恶之情。我发现，如果不再花好几个月的时间去深入研究、刻苦习读论文，那我就根本没法造出一个女性来。我听说一位英格兰哲学家取得了一些发现，相关知识对我的成功来讲至关重要。所以有时我想去征得家父首肯，为此前往英格兰一趟。但我一直找各种借口拖延，下不了决心去打破渐渐回归的宁静。我的健康状况此前一直在恶化，现在却大有好转。只要不想起那不愉快的承诺，我的精神也逐渐振作起来。家父看到我的变化很是高兴，又开始思考要采取什么方式才能根除我剩下的忧郁。我的抑郁时不时发作，一忧郁起来，灿烂的阳光便会被阴云遮蔽。每逢此刻，我就会把自己封闭起来，独自划着小船在湖上度过一整天，看着云朵，听着浪涛声声，静默无言，百无聊赖。不过空气清新，阳光明媚，总会让我恢复几分沉着镇定。于是回来时，我就能以更灿烂的笑容和更愉悦的心情迎接朋友们的问候。

有一次我漫步回来，家父把我叫到一边，对我说道：

"亲爱的儿子，看到你找回了曾经的乐趣，好像又变回了你自己，我很是开心。可你还是不快乐，还在回避同我们交流。有段时间我一直在冥思苦想这到底是为何，不过昨天我突然想到了一点——要是我想得有道理，那我就请你承认吧。在这点上有所保留不仅毫无意义，还会给我们所有人都带来重重苦痛。"

听到这番开场白，我浑身抖得厉害。家父继续说道：

"我的儿啊，我承认，我一直期待着你能跟你表妹成婚，作为维系我们家庭和睦的纽带，让我能安度晚年。你们自幼开始就彼此依恋，你们一同学习，性格和品味看起来也完全契合。但人类的经验是如此盲目，我原本以为能最好地帮助我实现计划的事，却也有可能彻底毁了整个计划。也许你只把她当妹妹看，完全不想让她做你的妻子。不，或许你已经遇到了另一个爱的人，可又要考虑到你对表妹负有责任。如此挣扎一下，可能就会导致你现在这般痛彻心扉。"

"我亲爱的父亲，你就放心吧。我温柔诚挚地爱着我的表妹。我从未见过像伊丽莎白这样能激起我最热切的钦佩和爱意的女子。我未来的希望憧憬全然寄托于我们能结为连理的期望上。"

"我亲爱的维克多，你在这件事情上的表态让我很是欣慰，我很久都没有这么高兴过了。如果你是这么觉得的话，那么无论当下的事情如何令人愁云密布，我们都一定会幸福的。但似乎正是此般愁云牢牢占据了你的心绪，我想要驱散它。所以，告诉我吧，你同不同意立即举行婚礼？我们经历了太多的不幸，我已经年老体衰，近来发生的事让我们远离了适宜我的宁静生活。你还年轻，但已经拥有了相当的财富。荣誉也好，事业也罢，我认为早婚不会妨碍你可能拟定的任何未来规划。不过，不要觉得我是想把幸福强加给你，也不要觉得你有所拖延会让我格外不安。不要曲解我的话，请你开诚布公地回复我。"

我沉默地听着家父的话，一时间没有办法给出任何答复。脑海中迅速闪过很多想法，我试图得出点结论来。唉！对我来说，马上跟表妹结婚是个让人恐怖又焦虑的想法。我被一个庄严的承诺束缚住了，我还没能履行承诺，也不敢违背它。倘若违背了，我和我挚爱的家人可能会面临怎样的重重苦难啊！这个致命重担还压在我的身上，重到快要把我压垮了，我又怎么能这样去举行婚礼呢？我必须要履行我的承诺，让这怪物和他的伴侣都离开，然后我才能允许自己安宁地享受婚姻带来的快乐。

我还记得，我必须要么前往英格兰，要么跟那些英国哲学家进行长期通信。他们的知识和发现对于我开展目前的工作来说必不可少。但靠通信来获取所需信息的办法既耗时又不尽如人意。况且任何变化我都能欣然接受，我也很高兴能离开家人，花一两年时间换换环境，做点不同的工作。在此期间可能会发生一些事情，让我能平安幸福地回到他们身边：我的承诺可能已经兑现，那怪物会离开；再或者，可能会发生一些意外，把那怪物毁掉了，从而永远结束了我的奴役生涯。

在这些想法的支配下，我回应了家父。我表达了想去英格兰的愿望，但隐瞒了提出请求的真正原因。我用在故乡度过余生之前、想要去旅行看看世界作幌子，乔装了我的愿望。

我真心实意地恳求家父，他很轻易地答应了，世上再没有比他更宽容开明的父亲了。我们很快就安排好了计划。我会先去斯特拉斯堡，克莱瓦尔会在那里跟我会合。我们会在荷兰的几个城镇短暂停留，而主要目的地还是英格兰。我们将从法国返程。我们一致同意，这次旅行应该会持续两年的时间。

家父想着我一回到日内瓦，就能立马同伊丽莎白结婚，便也高兴了起来。他说："两年时光很快就会过去，这会是阻碍你通向幸福之路上的最后延宕。事实上，我热切期望两年之期的到来，届时我们就能团聚了。希望也好，恐惧也罢，都不会再来扰乱我们家的安宁了。"

"我对您的安排很满意，"我回答道，"等到那时，我们都会比现在更明智，希望也能比现在更开心。"我叹了口气，但家父出于善意忍住了，没有追问我为何沮丧。他期望着新的环境和旅行之乐能让我重归平静。

我马上开始安排行程，但有个想法一直困扰着我，让我十分恐惧不安。我这一离开有可能会激怒我的敌人，可在我离开期间，我的亲友们不会知道有敌人存在，我也没办法保护他们免受攻击。可他承诺过，无论我去哪里，他都会跟着我。难道他就不会跟我一起去英格兰吗？这一想法让我很是害怕，但要是能让我的亲友们安全，我就放心了。我非常担心会发生截然相反的情况，也为此饱受折磨。在我被自己的创造物奴役的整个时期，我都任由自己被当下的冲动支配，而我现在的感受强有力地暗示着，那魔头会跟着我，让我的家人免受他的伤害。

我在八月底启程，开始了两年的放逐生活。伊丽莎白赞同我离开，只遗憾自己没有同样的机会去丰富阅历、增长见识。不过她在同我告别时流下泪来，恳求我要平安幸福地回来。她说："我们所有人都指望着你。如果你饱受痛苦，我们又怎么会好受呢？"

我跳进带我离开的马车，几乎不知道要去哪里，也不关心经过了什么。我只记得要求把我的化学仪器一起打包带走，一回想起来这事我就痛苦万分。我决心要在国外履行我的承诺，若是可能，回来的时候我就能做一个自由的人了。我满脑子都装着苦闷的想法，面对沿途的诸多壮丽美景双眼呆滞，熟视无睹。我只能想到此行的目的，想到此行需要完成的工作。

我在无精打采的怠懒中度过了几日，其间走了很远的路，终于到达了斯特拉斯堡。我在那里等了两天，克莱瓦尔才来。唉，我们之间的对比可真强烈啊！他看到每处新景点都活力满满，见到落日美景时感到快乐，瞧见太阳升起、又开始了新的一天时更觉欢喜。他给我指出风景变换的色彩和天空的种种模样。"这就是活着的意义！"他喊着，"现在我享受着生活！但亲爱的弗兰肯斯坦啊，你为什么要沮丧伤悲？"事实上，我正被阴郁的想法困扰着，既没有看到夜星滑落，也没有看到莱茵河上倒映出的金色日出。——而你，我的朋友，比起听我回忆，你去读克莱瓦尔的日记会觉得有趣得多。他用饱含情感和快乐的眼睛观察风景，而我却是个不幸的倒霉蛋，被诅咒束缚着，封死了通往快乐的一切道路。

我们约好了乘小船从斯特拉斯堡顺莱茵河而下，到鹿特丹后可以转乘轮船前往伦敦。航行中，我们途经了很多柳树成荫的岛屿，还看到了几座美丽的城镇。我们在曼海姆停留了一天，在从斯特拉斯堡出发五天后到了美因茨。美因茨往后的莱茵河河道更加风景如画。河流奔腾而下，蜿蜒于虽然不高却十分陡峭、形态优美的山丘之间。我们看到了许多矗立于悬崖边缘的城堡废墟，四周皆是高耸入云、遥不可及的黑色森林。这一段的莱茵河的确呈现出了一种奇异的斑驳之景。你可以在一处看到崎岖的山丘、俯瞰巨大悬崖的破败城堡，还有黑色的莱茵河水从下方奔涌而过，但船突然转过岬角时，看到的则是繁茂的葡萄园、郁郁葱葱的河岸、曲折流淌的河水与人口稠密的城镇。

此时正是葡萄收获的季节，我们听着劳动者的歌声顺流而下。即便我心头郁郁，情绪低落，焦躁不休，也禁不住颇感愉悦。我躺在小船上，凝望着万里无云的蓝天，仿佛沉醉在了我陌生已久的宁静中。如果连我都能有这般感受的话，更何况是亨利呢？他觉得自己仿佛被带入了仙境之中，享受着人类很少能品味到的幸福。他说："我看过了自己国家里最为美丽的风景。我游览过卢塞恩湖和乌里湖，那里的雪山近乎笔直地插入湖中，投下了黑暗深邃的阴影，要不是有绿意葱茏的岛屿以其明快之姿舒缓了双眼，那样的景象只会显得阴郁哀伤。我曾见过湖水被暴风雨搅动，狂风掀起水柱，能让你想到海上的水龙卷是何模样。浪涛愤怒地冲击着山脚，曾有牧师和他的情妇在那里被雪崩掩埋，据说在夜风停歇之时，还能听到他们的垂死呼喊。我也见过瓦莱州和沃州的群山。可是维克多啊，这个国家比所有那些奇观都让我高兴。瑞士的山脉更壮丽奇特，但这条神圣的河流两岸有一种我从未见过能与之比肩的魅力。看看那处悬在绝壁上的城堡，再看看岛上的那一座，几乎都被那些可爱的枝叶给遮起来了。还有那群正从葡萄藤中走出来的工人，还有那座在山坳中半隐半现的村庄。噢，当然啦，比起那些累积起冰川，或是隐居在我们国家无人可至的高峰上的神灵来说，居住于此、守护此地的神灵更能同人类和谐与共。"

克莱瓦尔！亲爱的朋友啊！即便是此刻，记下你的所言所语，细细陈述你当之无愧的美誉，也仍旧让我感到快乐。他就是"大自然最诗意"[①]的产物。他狂野而热情的想象力被敏感的内心约束着。他的灵魂溢满了炽热的情感，他的友谊忠贞不渝。世俗之人只会告诫我们，这样的友谊只存在于想象之中。可即

---

① 引自利·亨特的《里米尼的故事》。

便是人类的同情与共鸣也不足以满足他如饥似渴的心灵。外面的自然风光其他人只是欣赏而已，他却是炽烈地热爱着：

> ——轰鸣作响的大瀑布
> 好似激情一般缠绕着他：巨石、
> 山峦，幽冥阴暗的树林，
> 它们的色泽、它们的形态，于他而言
> 都曾是欲望：一种感觉，一份爱意，
> 无须思想赋予
> 更邈远的魅力，也无须任何
> 视觉以外的意趣。[①]

他现在又存在于何方呢？这个温和又可爱的人是不是永远消失了？他的心灵满载着奇思妙想、天马行空，自成一个世界，而那世界也都与其创造者休戚与共——这片心灵是不是已经消失了？它现在只存在于我的记忆里了吗？不，并非如此。你那神采飞扬、光彩夺目的肉体虽已腐朽，可你的魂魄还会来安慰你那命运多舛的朋友。

请原谅我这喷涌而出的悲伤。这些无用之辞只是对无与伦比的亨利的微末敬意罢了，不过说出来也抚慰了我因想起他而痛苦不堪的心灵。我要继续讲我的故事了。

离开科隆后我们下到了荷兰平原。因为是逆风，水流又太

---

① 引自华兹华斯的《廷腾寺》。

平缓，乘船已无助于我们前行，于是我们决定改乘马车继续剩下的行程。

行至此处，我们失掉了因美景而生起的乐趣。不过几天后我们到了鹿特丹，自那里渡海前往英格兰。十二月末的一个晴朗的清晨，我第一次见到了大不列颠的白色悬崖。泰晤士河两岸呈现出新鲜的景象：河岸平坦肥沃，几乎每个城镇都因某个故事而闻名于世。我们看到蒂尔伯里堡，就想起了西班牙舰队，还看到了格雷夫森德、伍尔维奇和格林尼治。在家乡时，我便对这些地方早有耳闻。

最后，我们终于看到了伦敦的众多尖顶。其中圣保罗大教堂的头顶最为高耸，而伦敦塔则在英国历史上赫赫有名。

第二章

　　我们暂时在伦敦歇脚，决定要在这座绝妙的名城待上几个月。克莱瓦尔渴望同当时活跃着的青年才俊们交往，可对我来说这只是次要目的。我主要忙着想方设法获取必要的信息来完成我的承诺。我很快就用上了我带来的介绍信，寄给了最杰出的自然科学家们。

　　这次旅行若是发生在我幸福的学生时代，那会给我带来难以言表的快乐。可我的生命已经蒙上了阴霾，我去拜访这些人，也只是为了从他们那里获得我迫切需要的课题信息。与人相处令我厌烦，而独处时，我可以满脑子都是天地万物之景。亨利的嗓音抚慰着我，让我能暂时欺骗自己，获得转瞬即逝的宁静。

可那些庸庸碌碌的欢快面孔又让我心生绝望。我看到自己跟同胞之间存着一道不可逾越的障碍。这障碍是用威廉和贾丝廷的鲜血封铸的。每每想到与这两个名字相关的事情，我的灵魂就痛苦不堪。

不过我在克莱瓦尔身上看到了曾经的自己。他喜欢追根究底，渴望获得经验、增长见识。他观察到了各式各样的风俗人情，于他而言，这是取之不尽、用之不竭的知识和快乐之源。他永远忙个不停，唯一能阻止他享受快乐的就是我哀伤沮丧的样子。我竭力掩饰自己的愁容，以免影响到他。毕竟踏入全新生活环境的人，又没有任何忧虑或痛苦回忆干扰，自然而然应该享受各种乐趣。我经常以有约在身为由拒绝陪他，这样我便能独处了。我现在也开始收集新作品所需的材料，这对我来说就像滴水穿石那般折磨人。一想到这件事我就感到极度痛苦，每提到与之相关的词，我的双唇都会颤抖，心脏也开始悸动。

在伦敦度过了几个月后，我们收到了一封苏格兰的来信，写信人曾到日内瓦拜访过我们。他在信中提到了自己家乡的美丽风光，询问我们那些美景是不是还不足以吸引我们继续北上，前往他居住的珀斯。克莱瓦尔非常期望能接受这一邀请，而我虽然厌恶社交，却想要再度饱览山川河流，欣赏大自然精雕细琢的美景。

我们是在十月初到的英格兰，现今已经是二月了。于是，我们决定一个月后开始向北进发。在这次旅行中，我们并不打算走大路去爱丁堡，而是要去往温莎、牛津、马特洛克和坎伯兰湖区。我们决定在七月底完成这趟旅行。我收拾好了我的化学仪器和收集到的材料，决心在苏格兰北部高地的某个偏僻角落完成我的工作。

我们于三月二十七日离开伦敦，在温莎待了几天，去漂亮的林中漫步。对于我们这样的登山者来说，这是一幅崭新的景象。雄伟的橡树、繁多的野兽和优雅的鹿群，对我们来说都是新奇的。

我们从温莎前往牛津。进入牛津城时，我们的脑海中便浮现出了一个半世纪前发生在这里的事。查理一世就是在这里集结了部队。在举国上下都抛弃了他，转而投到议会和自由旗下时，这座城市仍然效忠于他。想到这位命运多舛的国王及其同伴——可亲的福克兰、傲慢的高尔，还有他的王后和王子，想到他们可能在这里的某处住过，这座城市处处都变得有趣了起来。往昔之灵在这里找到了栖身之所，我们很高兴能追寻它的足迹。如果这些感触还不足以满足怀古之想，那么这座城市本身之美也足以让我们赞叹了。这里的学府历史悠久、风景如画，街道宏伟壮观。美丽的伊希斯河流经城边，穿过一片片葱郁精致的草地，汇入一片宁静的水域，倒映出古木环抱下汇集成片的庄严塔楼、尖顶和圆顶。

我享受着此番景象，可对过去的回忆和未来的展望却又让我平添了一抹涩意。我生性追求宁静幸福。在我的少年时代，我从未对什么有所不满。即便是偶有倦怠，见到大自然的美景，抑或是研习人类创作的杰作中所展现出来的卓越崇高也总能让我心旷神怡、重焕活力。可如今，我是一棵被炸毁了的树，闪电已经击中了我的魂魄。我那时觉得自己应该活下来，去展示我很快就不再拥有的东西——一出令他人怜惜，叫自己生厌的命运多舛的人性惨剧。

我们在牛津度过了相当长的一段时间，漫步郊外，努力辨识可能与英国历史上最激动人心的时代有关的每一处名胜。我们小小的发现之旅常因有景点接连出现而延长。我们参观了著名的汉普登之墓，也拜访了这位爱国者倒下的战场。有那么一瞬间，我的灵魂从卑微而痛苦的恐惧中解脱了出来，转而去思考自由和自我牺牲的崇高理念，眼前的种种景象就是这些理念的纪念碑。有那样一刹那，我敢于摆脱枷锁，带着自由而崇高的精神环顾四周。可是铁链已经深嵌进我的血肉，我浑身颤抖，又再次绝望地陷进了自怨自艾之中。

我们依依不舍地离开了牛津，前往下一个落脚处马特洛克。这个村庄附近的乡野跟瑞士的风景极其相似，不过规模上要更小一些。绿色的山丘缺了远处白色阿尔卑斯山的加冕，而在我家乡，阿尔卑斯山总是跟松树丛生的群山相伴。我们参观了奇妙的洞穴和小型自然历史陈列馆，里面的珍奇陈列方式与塞沃克斯和夏蒙尼的藏品陈列方式一样。当亨利念出夏蒙尼这个地名时，我不寒而栗，匆忙离开了与那可怕场景联系在一起的马特洛克。

我们从德比继续向北，在坎伯兰和威斯特摩兰度过了两个月。我现在几乎可以想象自己置身于瑞士的群山之中。山的北坡还残留着小片积雪，以及那一座座湖泊和在岩石中奔涌的溪流——这些都让我倍感熟悉和亲切。我们还在这里结识了一些朋友，他们都想方设法哄我开心。克莱瓦尔自然比我快乐得多。他与才华横溢之辈为伴，眼界更加开阔。他发现自己与生俱来的能力和天资其实都更强大，这是与平庸之辈为伍时不可想象的。他对我说："我觉得自己可以在这里度过余生了，置身这些群山之间，我应该很难怀念瑞士和莱茵河了。"

不过他发现，旅者的生活固然享受，但也夹杂着许多痛楚。他的情绪永远处于紧绷状态。当他开始放松休息时，就发现自己不得不放弃享受愉悦，好去追寻新鲜事物。新事物再度吸引了他的注意力，而他还会为了其他的新奇事又将之抛下。

我们都还没来得及游览完坎伯兰和威斯特摩兰的众多湖泊，才刚对当地的一些居民产生好感，同苏格兰的朋友约定的时间就快到了，我们不得不离开他们继续前行。就我而言，我并不觉得遗憾。我忽视自己许下的承诺已经有一段时间了，我害怕令那魔头失望会带来的后果。他可能会留在瑞士，报复我的亲人们。这一念头穷追不舍，时刻折磨着我，让我不得安宁。我急不可耐地等着来信。信件若是来迟了，我就会忐忑不安，惊惶失措；信件若是到了，看到伊丽莎白或家父的落款时，我又几乎不敢读下去，害怕知晓自己的宿命。有时我觉得那魔头在跟着我，他可能会杀掉我的同伴，好让我迅速行动，不要怠慢。这些念头占据脑海时，我片刻都不敢离开亨利，像影子一般跟着他，保护他免受那想象中的毁灭者的怒火袭击。我觉得自己好像犯下了滔天大罪，这样的念头阴魂不散。我是无罪的，但我确实给自己招来了可怕的诅咒，像犯了罪一般致命。

我双眼无神、心灵疲惫，就这样游览了爱丁堡。不过或许最凄惨之人都能被这座城市勾起兴趣来。克莱瓦尔对爱丁堡的喜爱程度不及牛津，因为牛津更古朴，更讨他欢心。但爱丁堡新城富有美感且规整，有浪漫的城堡和世界上最迷人的郊区——亚瑟王座、圣伯纳德之井和彭特兰丘陵都在那里，克莱瓦尔也算是不虚此行，他对此欢喜不已、赞叹连连。可我却迫不及待地想要结束我的旅程。

一周后我们离开了爱丁堡，途经库珀、圣安德鲁斯，沿泰河河畔前往珀斯，我们的朋友就在那里等着我们。然而我没有心情与陌生人谈笑风生，没办法像他们期待中的客人那样兴致勃勃地安排游玩计划。鉴于此，我告诉克莱瓦尔自己想独自游览苏格兰。我说："你自己好好玩，我们约好就在这里汇合。我可能会离开一两个月，但是请不要干涉我的行动，我恳求你——让我短暂地享受一下宁静与独处吧。我希望回来时自己的心情能轻松点，也能更同你脾性相投。"

亨利想要劝阻我，但见我心意已决，便不再多言。他恳求我常写信。"我宁愿同你一道孤独地漫游，"他说，"也不愿和这些我不认识的苏格兰人待在一起。所以啊，我亲爱的朋友，请尽快回来，这样我才能重新自在起来，你不在时我是做不到的。"

与我的朋友分别后，我决定去到苏格兰的某个偏远处，独自完成我的工作。我毫不怀疑那个怪物会跟踪我，等我完工后就现身，来迎接他的同伴。

我怀揣着这样的决心穿越了北部高地，看中了奥克尼群岛最偏远的一处作为我的工作地点。那个地方基本上就只是一块岩石，海浪不断拍打着高耸的岩壁，正适合做这样的工作。那里土壤贫瘠，勉强长出的牧草只够养活几头可怜的奶牛，再给五口人提供点燕麦。这些居民的四肢都瘦骨嶙峋，这便是他们生活艰苦的明证。蔬菜和面包对他们来说都很奢侈，甚至是喝个淡水，都要从大约五英里外的主陆上运过来。

全岛只有三间小破屋，我到的时候有一间是空的，我就租了下来。屋里只有两个房间，极度的穷困带来的脏乱差都在这里展露无遗。茅草盖的屋顶已经坍塌，墙壁没有抹灰，门的铰链也掉了。我找人修葺好这间屋子，买了些家具，然后住了进去。要不是这里的居民都因为物质匮乏、肮脏赤贫而麻木，我租住于此无疑会令人惊讶。但事实上，我住在这里并没有人在意，也没有人打扰。我施舍了一点点食物和衣服给他们，也没得到什么感谢。他们遭逢的苦难太多，以至于连最起码的知觉都变迟钝了。

在这里，我早上工作，晚上如果天气允许的话，我会在海边的石滩上散步，倾听海浪咆哮，任凭海水冲刷我的双脚。这里风景单调乏味，却又瞬息万变。我想到了瑞士，那里同这片荒凉骇人之景截然不同。那里的山丘上爬满了葡萄藤，平原上布满了农舍。清亮的湖面倒映着蔚蓝柔和的天空。狂风四起之时，湖面泛起波澜，与汹涌澎湃的大海比起来，不过是活泼婴孩的嬉戏罢了。

初到时，我就是这样安排自己的时间的。但随着劳作推进，这工作变得日益恐怖、令人厌烦。有时我好几天都没法把自己劝进实验室，有时候我又日夜操劳，想要把工作尽快做完。我所做的工作的确很肮脏。我第一次实验时，有一种狂热的激情叫我无视了这份工作的恐怖所在。当时我的心思全放在了后续的成果上，对过程之可怖视而不见。可是现在我的热血已经凉了，手头的活计常常令我恶心。

我就在这样的情况下，干着令人厌恶的工作，沉浸在一片孤寂之中，什么都没法把我的注意力从实际工作场景中转移片刻。我的精神逐渐失常，开始焦躁不安，每时每刻都在害怕会遇到那个魔头。有时我坐着，眼神直勾勾盯着地面，不敢抬起头来，生怕会撞见害怕看到的东西。我不敢离开其他人的视线，唯恐我独自一人时他就会来讨要他的同伴。

与此同时，我还在继续工作。我的工作已经取得了相当大的进展，我惴惴不安又急切地期待着完工之时。我不敢任自己质疑那份希望，可其中又夹杂着模糊的不祥预感，这令我心烦意乱。

第三章

　　一天晚上，我坐在实验室里，太阳已经西沉，月亮刚从海面升起。没有充足的光线，我无法继续工作，只能无所事事，停下来思考今晚是就干到这儿，还是该坚持不懈，赶紧聚精会神地完成这项工作。我坐着时，突然生出了一连串的反思，让我开始思考现在做的工作会产生什么影响。三年前，我专注于同样的事，创造了一个魔头出来，他的野蛮行径寒了我的心，叫我永远充斥着最痛苦的悔恨。我现在又要马上造出另一个我同样不了解其性情的生物了，她可能比她的伴侣恶毒上万倍，可能会以杀戮和制造惨剧为乐。他发誓过要远离人类，隐居在荒僻之地，可她却没有起誓。她完全有可能会成为有思想、有理性的生物，会拒绝遵守在她被造出来之前达成的契约。他们甚至可能会彼此厌恶。已经出世的这家伙厌恶自己长得畸形丑陋，那这副模样以女性的形式出现在他眼前时，难道他就不会对此更为厌恶吗？她也可能厌弃他，转而投向更美丽的人，弃他而去，他又会再次孤身一人，因着被同类抛弃而燃起新的怒火。

就算他们会离开欧洲，去新世界的荒僻处定居，但这魔头渴望的同情带来的首个后果就是孩子。一个魔族将在世间繁衍，他们可能会让人类的存在变得岌岌可危，让恐慌遍布于世。我有权利为了自己的利益而把这个诅咒施加给往后的世世代代吗？之前我曾被自己造出来的这东西的诡辩所打动，也曾被他的残忍威胁震慑到不省人事。而如今，我是第一次意识到自己的承诺有多恶劣。我自私自利，为了自己能安宁，不惜以全人类的生存为代价。一想到后世可能会因此诅咒我，视我为害群之马，我就不寒而栗。

我颤抖着，心脏都要停止跳动了。我一抬头，借着月光，看到那魔头就在窗边。他凝视着我，唇边咧开了可怕的笑容，而我正坐在那里完成他分配给我的任务。是的，他一直都在跟着我。他游荡在森林中，藏身在洞穴里，抑或是躲在宽阔的荒地上。现在他来查看我的进展了，他要我履行承诺了。

我打量着他，他的脸上尽是极致的恶意。想到自己竟然承诺要造一个像他一样的同类出来，我简直要疯掉了。我激动得颤抖着，把正在制造的东西给撕成了碎片。这个怪物眼见我毁掉了他寄托未来幸福的存在，发出了恶魔般的号叫，带着绝望和仇意离开了。

我离开了实验室，锁上了门，在心中郑重发誓，绝不会再继续我的工作了。然后，我迈着虚浮的脚步走向了自己的房间。我孤身一人，身边没有人能驱散这阴霾，将我从最可怕的噩梦中解救出来。

几个小时过去了，我还站在窗边，凝视着大海。风已平息，海面近乎一平如镜，万物都在宁静月光的注视下歇息。只有几艘渔船孤零零地点缀着水面，微风时不时送来渔民们你呼我唤的声音。我虽然没有意识到这片寂静有多深沉，但也能感受到一片寂然，突然，我听到近岸传来了划桨声，有人在我家附近上了岸。

几分钟后，我听到家门咯吱作响，仿佛有人在试图轻轻地打开门。我从头到脚浑身发抖，已经预感到来人是谁了。我想要叫醒离我住处不远的农舍里的某个农民，但却被一种无助感给压倒了。这样的无助感常常出现在噩梦里，危机迫在眉睫，当你徒劳地想要逃离时，却会被牢牢地钉在原地。

不久，我听到走廊上传来脚步声。门开了，我害怕的那个怪物出现了。他关上了门，走近我，用令人窒息的声线说道：

"你已经开始了你的工作了，却又给毁掉了，你究竟打算干什么？你胆敢违背自己的诺言吗？我不辞辛劳，跟你一起离开瑞士，爬过了莱茵河的岸边，跨过了柳树环绕的岛屿，翻过了一座又一座山峰。我在英格兰的荒野和苏格兰的荒地中住了好几个月。我忍受了数不清的精疲力竭、饥寒交迫的时刻。你竟敢毁掉我的希望吗？"

"滚啊！我是毁约了。我再也不会造一个像你一样畸形丑陋的恶人了。"

"你这个奴隶，我之前跟你讲过道理，但你已经证明自己不值得我屈尊俯就。记住，我有力量在身。你觉得自己很惨，但我可以让你变得更惨，让你变得连阳光都憎恶。你是我的创造者，但我才是你的主人——服从我！"

"我的软弱已成过去，现在随你耀武扬威。你威胁我也没法让我去作恶，反倒坚定了我的决心，不要给你造出个作奸犯科的同伙来。难道我该冷眼以待，放任一个嗜血成性、作恶多端的恶魔降临人世吗？滚吧！我意已决，你说什么都只会激怒我。"

那怪物看我脸上神情坚定，气得咬牙切齿。他喊道："为什么每个男人都能找个妻子来关怀他，每只野兽都能找到自己的伴侣，而我就只能孤身一人？我也有好心好意，换来的回报却是憎恶和蔑视。人类啊，你可以恨我，但要当心了！你将在恐惧与痛苦中虚度时日，闪电很快就要降临，必将永远夺走你的幸福。我匍匐在极度的痛苦之中时，你还能幸福吗？你可以摧毁我的七情六欲，但我的复仇之心永不磨灭——复仇，从此复仇比阳光和食物还要珍贵！我可能会死，但你这个暴君、你这个折磨我的人，你会先诅咒太阳照耀着你的不幸。当心了，我无所畏惧，所以所向披靡。我会像毒蛇一样狡猾窥伺，好用毒液蜇人。人类啊，你会为现在对我造成的伤害后悔的。"

"魔头，住口！不要用这些恶声恶气来污染空气了。我已经向你表明了决心，我不是会在言语面前屈服的懦夫。走开，我是不会动摇的。"

"很好。我走便是。但是记住，你的新婚之夜，我会与你同在。"

我迈步向前，喊道："混账东西！在给我判死刑前，先保住你自己的小命吧。"

我本可以抓住他的，但是他闪开了，仓皇逃离了房子。过了一小会儿，我就看到他划着船，如离弦之箭，迅速射过水面，很快就消失在了海浪中。

一切复归寂寥，可他的话却还在我的耳畔回响。我怒火中烧，想要追上那个破坏我安宁的凶手，把他扔进大海。我在房间里焦急地来回踱步，脑海中已经浮现出了上千种折磨我、刺痛我的画面。为什么我没有追上他、跟他决一死战呢？可我却放他走掉了，他已经朝着主陆的方向驶去了。他复起仇来不知餍足，一想到下一个牺牲品会是谁，我就不寒而栗。于是我又想起了他的话来——"你的新婚之夜，我会与你同在"。那就会是我命运定格之时了。那时我会死去，他的恶念得以满足，也就此消弭。这样的未来并不让我觉得恐惧。可是，当我想到我心爱的伊丽莎白——想到她发现自己的爱人被如此野蛮地从身边夺走时，她会掉下的眼泪和无尽的悲伤——几个月来，我的眼中第一次淌下泪来。于是我决意在奋力斗争过之前，绝不向敌人屈服。

夜晚过去了，太阳从海上升起。盛怒的狂潮沉入了绝望的深渊，我的心绪平静了下来——如果可以称之为平静的话。我离开了屋子，离开了昨晚发生争执的可怕现场，到海边石滩上走着。我简直要把大海看作我跟其他人类之间不可逾越的障碍了，不，我甚至隐隐希望事实就是如此。我想要在这片贫瘠的岩石上度过余生，生活固然艰辛，但不会突遭痛苦。如果我回去的话，要么献祭自己，要么就得眼睁睁看着我最爱的人死在我亲手造出的魔头掌下。

我像只焦躁不安的幽灵一般在岛上徘徊，与一切所爱分离，又为分离而哀凄。时值正午，太阳升得更高了，我躺在草地上，沉沉睡意席卷而来。昨晚我彻夜未眠，神经紧张，眼睛也因一直睁着又痛苦地红肿起来。如今我陷入梦乡，恢复了些精神，醒来时，我又觉得自己属于人类中的一员了。我开始更加沉着地思考之前发生的一切。可那恶魔的言语仍像丧钟一般在我耳边回荡，恍若一梦，却清晰如现实，压抑人心。

太阳早已落山，我还坐在岸边。我已是饥肠辘辘，正吃着一块燕麦饼充饥。这时，我看到一艘渔船靠了近来，其中一人递给我了一个包裹，里面装着来自日内瓦的信件，还有一封是克莱瓦尔寄来的，他请求我与他同行。他说我们离开瑞士已经快一年了，但还没有去过法国。所以，他恳求我离开这座孤岛，一周后跟他在珀斯见面，届时我们可以计划未来的行程。这封信在某种程度上把我唤醒了，我决定两天后离开这座小岛。

不过，在我离开之前，还有一件想起来都不寒而栗的事情要做：我必须带走我的化学仪器。为此，我又必须进到那个可怕的工作现场，还必须要处理那些看一眼都令我作呕的器具。第二天早上，天刚亮，我就鼓足了勇气，打开了实验室的门。被我毁掉的半成品残骸散落一地，我觉得自己简直像是撕烂了活生生的人类血肉。我停下来稳住心神，然后才走进了房间。我颤抖着双手把那些仪器搬出了房间，但我又想，我不应该把我工作的残骸留下来，免得引起农民们的恐惧和怀疑。于是我把它们装进了一个篮子里，又放了很多石头进去，决定当晚就将其扔进海里。然后，我坐在海滩上，忙着清洗整理我的化学仪器。

自魔头现身的那晚起，我的心绪就发生了翻天覆地、无可比拟的变化。我以前总是怀着阴郁绝望的心情看待我的承诺，觉得无论结果如何都必须要兑现它。但我现在感到眼前仿佛有层薄膜被掀开了，我第一次能看清了。我丝毫没有要重新开始工作的意思。我受到的威胁压在心头，但我不觉得自己可以主动做点什么来避开它。我已经想得再清楚不过了，再造一个像我最初造出的魔鬼一样的东西将是最卑鄙、最残暴的自私之举。我在脑海里排除了所有可能会得出不同结论的想法。

凌晨两三点钟，月亮升了起来。我把那个篮子放在了小舟上，驶到了离岸边大约四英里的地方。万籁俱寂，几艘小船正在返回岸边，但我却在驶离。我觉得自己好像是要去犯什么滔天大罪一样，心惊胆战，不想撞见任何人。之前的月色原本清亮，但忽地一下被厚重的云层给遮住了，我趁黑把篮子扔进了海里。我听着篮子咕噜咕噜地沉了下去，便驶离了现场。天空变得阴云密布，尽管轻轻地刮起了东北风，带来一丝寒意，但空气却很清新。寒风让我神清气爽，无比惬意，于是我决定在海面上再多待一会儿。我把船舵固定在了直行的位置上，然后躺在了船里。云层蔽月，万物朦胧，我只能听到船在海浪里漂荡的声音。此般低语抚慰着我，没过多久我就沉沉睡去了。

我不知道自己这样睡了多久，但我醒来时，发现日头已经挂得相当高了。风很大，浪涛不断威胁着我的小舟的安全。我发现吹的是东北风，那肯定是把我吹得离出发的海岸很远了。我试图改变航向，但很快就发现，如果再这样下去的话，船就会立刻被水灌满。事已至此，我唯一能做的就是顺风而行。我承认，我感到了一丝惧意。我没有带指南针，对这一带的地理状况也不甚了解，所以太阳也帮不了我什么。我可能会被卷入浩瀚的大西洋，饱受饥饿的折磨，抑或是被身边咆哮着、拍打着的无边无际的海水吞噬。我已经出航了好几个小时，很是口干舌燥，而这只是劫难的前奏。我仰望天际，风把云吹走，又吹来新的云层，遮蔽了天空。我望向即将成为我坟墓的大海。"恶魔呵，"我喊道，"你的任务已经完成了！"我想到了伊丽莎白，想到了家父，想到了克莱瓦尔。我陷入了绝望又可怖的遐想中，即便是现在，这一幕即将在我眼前永远消逝了，我想起来仍旧会不寒而栗。

好几个小时就这样过去了。太阳沉向地平线，风也渐渐弱了下来，转为了柔和的微风，海上也不再是惊涛骇浪。可这之后又是一阵巨浪。我头晕目眩，几乎握不住舵了，倏忽之间，我看到南面有一片高地。

好几个小时来，我疲倦不堪、惴惴不安，几乎精疲力竭。这下陡然确信自己得以生还，就好像有一股欢快的暖流注入心田，泪水从我的眼中涌了出来。

我们的情感是多么善变啊，即使是在极度痛苦之中，我们也执拗地渴望生存，多奇怪啊！我用自己的衣物又做了一张帆，急切地驶向了那片陆地。那里看起来很是荒凉、岩石密布，但随着我靠近，很轻易就发现了文明的痕迹。我看到岸边有船只，发现自己突然回到了文明世界。我沿着蜿蜒的陆地急切前行，终于看到一座尖顶从小海角后面冒了出来，我欢呼了起来。我极度虚弱，于是便决定直接驶向城镇，那里最容易买到食物。幸运的是，我身上带了钱。我转过了海角，瞧见了一座整洁的小镇，还有个不错的港口。我驶进了海港，满心欢喜，庆幸我意外逃生。

当我忙着拴好船只、整理船帆时，有几个人朝这边挤了过来。他们似乎对我的出现很是惊讶，并没有向我提供任何帮助，而是聚在一起窃窃私语，打着手势，要是在其他任何时候，我都可能会因此感到些许不安。事实上，我只注意到他们说的是英语，所以我就用英语对他们说："各位好友，能否烦请你们告诉我一下这座城镇叫什么，我现在又是在哪里呢？"

"很快你就知道了，"一个嗓音粗野的男人回答道，"或许你来的这个地方不怎么合你胃口，但我可以保证，你想住哪儿可是由不得你的。"

陌生人如此粗鲁的答复令我惊讶万分，我也颇为不安地看到他的同伴们皱着眉头、怒气冲冲。"你为什么要这般出言不逊？"我回答道，"英国人的待客之道肯定不会这样无礼。"

那人说："我不知道英国人的习惯是怎样，反正爱尔兰人的习俗就是疾恶如仇。"

这段奇怪的对话还在继续，我注意到人群迅速壮大了。他们的脸上混杂着好奇和愤怒，令我十分恼火，还有点惊慌。我询问去旅馆的路怎么走，可没有人回应我。于是我便向前走去，人群中就响起了一阵喧闹声，他们跟着我，把我围了起来。这时，一个长相凶恶的男人走过来，拍着我的肩膀说："来吧，先生，你必须要跟我到柯文先生那里去，交代交代自己的情况。"

"柯文先生是谁？为什么我要交代情况？这不是一个自由的国家吗？"

"是啊，先生，对老实人来说这里是够自由。柯文先生是治安官，昨晚在这里发现了一位被害的先生，你要说明一下他的死因。"

这个回答让我大吃一惊，但我很快就恢复了镇定。我是清白的，这点很容易证明。于是我沉默着跟着领路的人，被带去了镇上最好的一栋房子前。我又饿又累，都快要倒下了，但是人群簇拥着我，我想最好还是打起全部精神来，免得身体虚弱也被解释为心里有鬼或是做贼心虚。那时候我万万没有想到，灾祸会在片刻之后席卷而来，让我在惊惧绝望之中失去对耻辱和死亡的一切恐惧。

　　我必须要在这里停一下。因为我需要鼓起全部勇气，才能根据记忆，回想起即将详述的可怕之事。

第四章

很快，我就被带到了治安官面前。他是位和蔼的老人，举止沉稳温和。可他看向我的眼神却有些严厉。随后，他转向了带我来的人群，询问谁能为此事作证。

大概有五六个人走了出来，治安官选中了其中一个，让他宣誓作证。他作证说，他前一天晚上和他儿子还有妹夫丹尼尔·纽金特出海捕鱼，约莫十点钟时，他们发现海上刮起了猛烈的北风，于是就决定返航回港。那一夜漆黑无比，月亮还没有升起。他们没有在港口上岸，而是按惯例停靠在了港口下方约两英里处的一个小港湾。他先背着一些渔具上了岸，他的同伴们则在他身后一段距离跟着。当他沿着沙滩往前走时，脚上撞到了什么东西，然后整个人都摔倒在地。他的同伴们上前扶他，借着提灯的光，他们发现他倒在了一个人身上，那个人怎么看都像是死了。他们的第一反应是，这是某个溺水者的尸体，被海浪冲上了岸。但经检查，他们发现这个人的衣服没有湿，甚至尸体都还没有凉透。他们立马把他抬到了附近一位老妇人的农舍里，试图救活他，但徒劳无功。那看起来是个英俊的年轻人，约莫二十五岁。他显然是被勒死的，除了脖子上的黑色指印，没有其他外伤。

我对这份证词的前半部分一点兴趣都提不起来，但提到指印时，我就想起了杀害家弟的凶手。我感到极度心烦意乱，四肢都在颤抖，眼前蒙上了一层迷雾，不得不瘫软在椅子上。治安官用犀利的眼神观察着我，自然是从我的举止中品出了不对劲来。

证人的儿子证实了父亲的叙述。不过丹尼尔·纽金特被传唤来时，他坚定地发誓，称就在他同伴摔倒之前，他在离海岸不远的地方看到了一艘船，上面只有一个人。他借着星光依稀判断，那正是我刚刚靠岸的那艘船。

一位住在海滩附近的妇女作证说，她当时正站在家门口等着渔民归来，在听说发现尸体的前一个小时左右，她看到过一艘只载了一个人的船从岸边驶离，后来尸体就是在那里被发现的。

另一位妇女证实了渔民将尸体搬进她家的说法。尸体当时还没凉。他们把他放在了床上，给他擦拭身体。丹尼尔则去镇上找来了药剂师，但是人已经没救了。

其他几个人也接受了有关我上岸情况的问询。他们一致认为，由于夜间刮起了强烈的北风，我很有可能在海上漂了好几个小时，然后被迫回到了跟我离开时差不多的地点。除此之外，他们还观察到我似乎是从其他地方把尸体运过来的，而且我看起来似乎并不熟悉这片海岸，所以可能在不了解这里距我抛尸之地有多远的情况下就驶入了港口。

听到这些证词后，柯文先生认为应该把我带到停尸的房间去，他想看看我见到尸体后会做何反应。可能是因为描述谋杀方式时我表现得过于激动，才使他有了这一想法。于是，治安官和其他几个人带我去了旅馆。我禁不住震惊于这个多事之夜发生的种种怪异的巧合。但是我很清楚，发现尸体时，我正在自己住的岛上跟几个人交谈，所以对于这件事的结果，我十分坦然。

我走进停尸的房间，被领到了棺材前。我该怎样描述看到尸体时的感受呢？我至今还会恐惧到口舌发干，只要回想起那个可怕的瞬间，我就会瑟瑟发抖，痛不欲生，让我再次隐隐约约地想起认尸之痛。看到亨利·克莱瓦尔毫无生气地躺在我面前时，审讯啊、治安官啊、证人啊，全都像大梦一场，从我记忆里被抹去。我喘不过气来，整个人扑到了尸体上，大喊道："我最最亲爱的亨利啊，难道我所制造的杀人魔头也把你的生命夺走了吗？我已经毁掉了两个人了，其他的受害者还在等着他们的命运宣判。可是你呀，克莱瓦尔，我的朋友、我的恩人啊……"

我的身体再也承受不住此般痛不欲生的折磨，我剧烈抽搐着，被带出了房间。

随后我就发烧了。我躺了两个月，命悬一线。后来我听说，我一直说着可怕的胡话。我声称自己是害死威廉、贾丝廷和克莱瓦尔的凶手。有时我恳求照料我的人帮我灭掉折磨我的恶魔，有时，我觉得那怪物的手指已经掐住了我的脖子，于是痛苦惊慌地放声尖叫。幸运的是，我说的都是母语，只有柯文先生能听懂。不过我的动作还有苦痛的哭喊已经足以吓到其他人了。

为什么我还没有死？我比古往今来的任何人都要惨，为什么我没有陷入遗忘、沉入安息？死亡夺走了那么多正处在花样年华的孩子，而他们是老去的父母唯一的希望。有多少新娘和年轻的恋人前一天还健健康康、充满希望，如花一般盛放着，转眼就成了蛆虫的食物，消散于坟墓！我究竟是用什么材料做出来的，竟能在承受如此之多的打击之后，仍能挺过来。

可我注定是要活下去的。两个月后，我发现自己身陷囹圄，躺在一张破烂的床上，周围尽是狱卒、看守、门闩，和地牢里的种种惨烈陈设。我记得醒来的时候是一个早晨，具体发生了什么事情我都忘了，只觉得好像有一场巨大的不幸压垮了我。但当我环顾四周，看到了铁窗，看到了自己身处的这脏污的房间时，一切都在记忆中闪回了，我痛苦地呻吟了起来。

这声音打扰到了睡在我旁边椅子上的老妇人。她是一位看守的妻子，被雇来照看我。她脸上呈现出了她那个阶层所具有的一切典型的不良品质。她的脸部线条僵硬粗犷，就像那些习惯于袖手旁观他人苦难的人一样。从她的语气可见她全然冷漠无情。她用英语同我讲话，那嗓音让我想起了自己挣扎时听到过的声音。

"先生，你现在好些了吗？"她说。

我同样用英语回应她，但却有气无力："我想是吧。不过要是这一切都是真的，如果我的确没有在做梦的话，我很遗憾自己还活着，还要感受着这样的痛苦和恐惧。"

"这件事嘛，"那老妇回答说，"如果你指的是你杀掉了那位先生的话，我觉得你还是死了的好，因为我想你以后还有的受的。不过等下次开庭你就会被绞死了。但是，这都不关我的事，我是来照顾你、让你康复的。我尽职尽责，问心无愧，要是人人都能做到这样就好了。"

我背过身去，十分嫌恶那个对着命悬一线、刚刚死里逃生的人说出如此无情之言的女人。可我又虚弱无力，没办法思考发生的一切。人生一场大梦，我有时候会怀疑，这一切是否都是真实的，因为在我心里这一切从未真真切切地发生过。

浮现于眼前的景象越来越清晰，我又发起烧来了。黑暗从四面八方袭来，身边没有人用温言软语来抚慰我，没有一双怜惜的手来支撑我。医生来了，开了药，那老妇人把药备好了给我。可医生一副全然漫不经心的样子，老妇人的脸上又满是残忍。除了有报酬拿的刽子手，还有谁会关心一个杀人犯的命运呢？

这些都是我最初的想法。不过我很快就了解到，柯文先生待我极为仁慈。他安排了监狱里最好的房间给我（虽然最好的也很糟），还给我提供了医生和看护。诚然，他很少来看我，因为他虽然热衷于减轻每个人遭受的磨难，但并不想看到杀人犯痛苦不堪，也不想听他悲惨的胡言乱语。因此，他有时会来看看我有没有被忽视，但探访时间很短，间隔也很长。

我正在逐渐好转。一天，我坐在椅子上，眼睛半睁着，脸颊铁青得像死人一样。我阴郁哀恸得无法自持，常常想着，与其在这个充满不幸的世界里痛苦压抑地活着，那我还不如死了的好。我一度考虑是不是该承认自己有罪，接受法律的惩罚，毕竟我不比可怜的贾丝廷无辜。就在我这样想着的时候，房门开了，柯文先生走了进来。他面带同情和怜悯，搬了一把椅子靠近我，用法语对我说：

"恐怕这个地方对你来说糟透了吧，我能做些什么让你舒服点吗？"

"谢谢您。但您提及的一切我都不在乎。这整个地球上都没有什么能安慰我。"

"我知道，对像你一样莫名其妙遭逢不幸的人来说，来自陌生人的同情减轻不了什么痛苦。但我希望你可以尽快离开这个阴郁之地。毋庸置疑，我们轻而易举就能找到证据，让你免受指控。"

"我根本就不关心那些。我遇到了一桩又一桩怪事，变得惨绝人寰。我一直以来都在遭逢迫害、备受折磨，就连现在也是如此，死亡对我来说又算得上什么坏事吗？"

"确实，没有什么比最近发生的怪事更不幸、更令人痛苦了。不知道是什么惊人的意外把你抛到了这片以好客著称的海岸上，你又立马被逮捕，还被指控犯下了谋杀罪。你第一眼看到的就是你朋友的尸体。他死得这么莫名其妙，就像是有什么恶魔把他的尸体横亘在了你前行的路上一样。"

柯文先生说这番话时，我虽因回想起了自身遭际而心烦意乱，但仍相当惊讶于他似乎对我颇为了解。我想自己脸上定是流露出了些惊讶的神色，因为柯文先生又急忙说道：

"你病后一两天，我才想到要检查一下你的衣服，看看能否发现些什么线索，以便将你的不幸和病情告知你的亲属。我找到了几封信件，其中一封从开头就能发现是来自你父亲的。我立即写往了日内瓦，我的信也已经寄出快两个月了。——但你还病着，即便是现在你都还在发抖。你受不住任何刺激。"

"悬而未决要比最可怕的事情还要糟上一千倍。告诉我又上演了什么新的死亡惨剧，我现在又该为谁的死哀悼。"

"你的家人一切都好，"柯文先生温声细语地说道，"还有一位朋友要来看望你呢。"

我不知道那念头是经由怎样的思索而浮现出来的，但我脑海中一下子就闪现出来了这样的念头：那凶手来嘲笑我的苦难了，他要用克莱瓦尔的死来奚落我，重新刺激我，好让我顺服他邪恶的欲望。我用手捂住眼睛，痛苦地喊道：

"噢！带他走！我没法见他。看在老天的分上，别让他进来！"

柯文先生一脸担忧地看着我。他很难不觉得我大喊大叫是因为心中有鬼，于是便换了严厉的语气说道：

"年轻人，我本以为你会乐见自己父亲到来，而不是产生如此强烈的抵触。"

"我父亲！"我喊道，我的整张面孔和每一块肌肉都从痛苦中放松了下来，转悲为喜，"我父亲真的来了吗？真好，真好啊。可他在哪儿呢？怎么不快来看我？"

我态度大变，让这位治安官又惊又喜。或许他觉得我之前大喊大叫只是又小小地神经错乱了一下，于是他立即又恢复了之前的慈眉善目。他站起身来，和我的看护一起离开了房间，不一会儿，家父就走了进来。

此时此刻，没有什么比家父的到来更让我高兴的了。我向他伸出手，哭喊道：

"你都安好吗？伊丽莎白呢，还有欧内斯特呢？"

家父向我保证他们都好，好让我平静下来，他还努力絮叨些我感兴趣的话题，振奋我消沉的意志。不过他很快就意识到了监狱不可能是什么欢愉之地。他哀恸地看着铁窗，看着破败的房间，说道："我的儿啊，你住的都是什么地方啊！你旅行是为了寻求幸福，可不幸却好似上赶着你一般。还有可怜的克莱瓦尔——"

我那不幸惨遭杀害的朋友，他的名字对我来说刺激太大，我虚弱到根本承受不住，不禁泪如雨下。

"唉！是啊，父亲，"我回答说，"某种最可怕的宿命缠绕着我，我必须活着走完自身的命数，不然我肯定早就死在亨利的棺材上了。"

我的健康状况不稳定，需要采取一切必要的预防措施来确保我的安全，所以我们不能想说多久说多久。柯文先生进来了，坚称我不应该过度劳累，以免体力透支。不过家父的出现对于我而言宛如天使降临，我的身体也逐渐恢复了。

随着病痛消退，我又陷入了无可排解的阴郁和黑压压的哀思之中。克莱瓦尔横死的可怖模样一直在我眼前浮现。此般回想令我焦躁不安，我的亲友们不止一次担心，我的病情会再度恶化。唉！他们为什么还要保护这样一条遭人厌恨的贱命呢？我肯定是要走完自己的命数的，我的命运也行将告终。很快，噢，很快，死亡就将掐灭心脏的悸动，把我从压入尘埃的沉甸甸的巨大痛苦中解脱出来。执行完正义的裁决，我就也能安息了。虽然想死的愿望一直萦绕心间，但那时死亡还离得很远。我常常一动不动、一言不发，一坐就是好几个小时，期望着能发生什么巨变，把我和那毁灭者都埋葬到废墟里去。

巡回审判即将到来。我已经入狱三个月了。我虽然仍旧虚弱，随时都有病情复发的危险，但还是不得不奔波近一百英里，前往郡首府参加开庭。柯文先生亲自负责召集证人，给我安排辩护事宜。由于案件还没有呈送到裁决生死的法庭上，我便没有公开以罪犯身份出庭，免于蒙羞。大陪审团认为事实证明，在我朋友尸体被发现之时，我正在奥克尼群岛，故而驳回了诉讼。在押至此地两周后，我被从监狱中释放了出来。

得知我摆脱了刑事指控的困扰，又能重新呼吸新鲜空气，并获准返回祖国，家父喜出望外。我却无法与他分享喜悦——对我而言，地牢也好，宫殿也罢，四壁都是一样的可憎。生活这杯酒被永远玷污了。尽管阳光照耀着我，就像照耀着幸福快乐的人一样，但我四周只有一片浓郁可怕的黑暗，除了盯着我的两只眼睛散发的幽光，什么光线都穿不进来，我什么都看不到。有时，那是亨利那双饱含情意的眼，已经在死亡中枯萎，深邃的眼球几乎都被眼睑遮住了，又长又黑的睫毛缀在边缘。有时，那是怪物那双浑浊的水泡眼，就像我第一次在因戈尔施塔特的房间里看到的一样。

家父试图唤醒我心中的情感。他谈及我很快就要回日内瓦了，也谈到伊丽莎白和欧内斯特，但这些话只能让我发出深深的叹息。有时，我确实渴望能幸福，悲欣交集地想起我心爱的表妹，抑或是怀着一种浓浓的乡愁，渴望再度瞧见我童年时代如此亲切的那片湛蓝湖泊和湍急的罗讷河。但我的情绪总的来说还是麻木的，我觉得住在监狱和住在自然界中最神圣之处没有差别。除了突如其来的痛苦和绝望，这种麻木状态很少被打断。而痛苦发作的时候，我常常想要终结自己令人厌恶的生命。因此他们需要不间断地照看我、随时警惕着，以防我会做出些可怕的极端行为。

出狱时，我记得听到有人说："他可能确实没有杀人，但肯定问心有愧。"这番话叫我醍醐灌顶。问心有愧！是啊，我当然问心有愧。威廉、贾丝廷和克莱瓦尔都因我创造的魔头而丧了命。我喊道："要谁死掉才能终结这场悲剧呢？啊！我的父亲啊，不要留在这个悲伤的国度了。带我去一个可以忘掉自己、忘掉我的存在、忘掉整个世界的地方吧。"

家父对我的祈求欣然同意。于是在向柯文先生告别之后，我们匆匆赶往都柏林。邮船从爱尔兰顺风起航，永远离开了那个曾带给我无尽苦难的国度，我感觉仿佛卸下了沉沉重担。

午夜时分，家父在船舱里睡觉，我躺在甲板上，看着星星，听着海浪的拍击声。我向着黑暗致敬，敬它把爱尔兰从我的视线中隔开。想到自己很快就能看到日内瓦了，我连脉搏都在狂喜地跳动。过去种种恍如梦魇一场。可是，载着我的船只、将我从惹人厌的爱尔兰海岸吹过来的风，还有环绕着我的大海都再强烈不过地告诉着我，我没有被幻觉欺瞒，我的朋友、我最亲爱的同伴克莱瓦尔沦为了我和我造出的怪物手下的牺牲品。我在记忆里走马灯般地回顾了自己的一生：与家人住在日内瓦时平静而幸福、家母去世、我前往因戈尔施塔特。我回想起自己为那疯狂的热情战栗，急急忙忙造出了我那丑陋的敌人；我想起他活过来的那个夜晚。我没办法再这样任由思绪奔驰了。千万种感触压在心头，我潸然泪下。

自退烧以后，我便养成了每晚服用少量鸦片酊的习惯，只有通过这种药物，我才能获得维持生命所必需的睡眠。受到种种不幸回忆所迫，我这次服下了双倍剂量，很快就沉沉睡去了。可是睡眠并没有让我从思绪和痛苦中解脱出来。我的梦里出现了无数让我恐惧的东西。临近清晨时，我被一场噩梦魇住了。我感觉那恶魔掐住了我的脖子，我没办法从中挣脱，耳中回荡着呻吟和哭号。家父一直在照看我，他察觉到了我的不安，便叫醒了我，指给我看，我们的船正在驶入霍利黑德港。

第五章

我们决定不去伦敦了，改为横穿英格兰前往朴次茅斯，再从那里去往勒阿弗尔。我之所以更喜欢这个计划，主要是因为害怕再度见到曾与心爱的克莱瓦尔共享过片刻宁静的那些地方。一想到又会见到那些我们曾一起拜访的人，想到他们可能会询问那件事，我就毛骨悚然。光是想到那件事，我就会又感受到在那间旅馆里凝视着他了无生气的身体时的剧痛。

至于家父，他费心费力，只希望能再见我恢复健康、重获内心的平静。他持之以恒地温柔关怀我，我的悲伤和阴郁冥顽不化，但他却并不绝望。有时，他觉得我是因为不得不回应谋杀指控之事而深感屈辱，于是就努力向我证明自尊心并没有什么用。

"唉！我的父亲啊，"我说，"您对我了解得太少了。如果像我这样可恨的人还能有自尊，那么人类，还有他们的感受和情感可真要堕落了。贾丝廷，可怜的、不幸的贾丝廷和我一样清白，也遭受了同样的指控。她为此而死，而我就是这一切的罪魁祸首——是我害死了她。威廉、贾丝廷和亨利——他们全都死在了我的手上。"

在我被监禁期间，家父经常听到我做出同样的断言。我这样责难自己时，他有时似乎是想要得到一个解释，有时好像又觉得这都是神志不清引起的。他认为这样的念头是在我病中出现在了我的想象里，又在康复后保留了下来。我对此避而不谈，继续对自己所创造的恶魔保持缄默。我本愿意付出一切来坦白这个致命的秘密，可我觉得别人会认为我是疯了，于是我对此守口如瓶。

这次，家父带着无限惊愕说道："维克多，你这是什么意思？你疯了吗？我亲爱的儿啊，我求求你不要再说这样的话了。"

"我没有疯，"我竭力大喊道，"这太阳、这天空，都见证了我的行为，都可以证明我所言不虚。我杀害了那些最无辜的受害者，他们因我的阴谋而死。要是能把他们的命救回来，我愿意一滴一滴地放掉自己的血，放上个千百回我也愿意。但我不能啊，我的父亲，我不能牺牲整个人类啊。"

我说的最后一句话让家父确信我已经精神错乱了，他立马换了谈话的主题，试图改变我的思路。他希望能尽可能地抹去我对在爱尔兰发生的种种事情的记忆，从不提及这些事，也不逼我谈及自己的不幸。

随着时间流逝，我变得越来越平静。痛苦留驻在了我的心底，但我不再这样语无伦次地谈论自己的罪行了。于我而言，意识到这些罪行就足够了。我用极致的自虐克制时而想向全世界昭示不幸的欲望。自从踏上冰海之旅以来，我的举止从未像现在这般沉着冷静过。

我们于五月八日抵达勒阿弗尔，随后立即前往巴黎。家父在那里有些事情要处理，我们因此耽搁了几个星期。我在巴黎收到了以下这封来自伊丽莎白的信件：

致维克多·弗兰肯斯坦

我最亲爱的朋友：

收到舅舅从巴黎寄来的信，我真是再高兴不过了。你不再身处遥不可及的远方，我或许可以盼着不到两周就能见到你了。我可怜的表哥，你一定受了很多苦吧！我能想见，再见到你时，你看起来会比离开日内瓦时还要憔悴。这个冬天过得糟糕透顶，我饱受焦虑不安的折磨。但我还是想要在你脸上瞧见平静的神色，希望发现你的心头还能有一丝慰藉和宁静。

可是我担心，一年前曾让你痛苦的感受现在又回来了，甚至随着时间的推移也许还加剧了。你承受着如此之多的不幸，我不欲打扰你。但是在舅舅离开前，我跟他谈过一次话，所以我觉得有必要在我们见面之前做一些解释。

解释！你可能会说，伊丽莎白有什么好解释的？要是你真这么说了，那我的问题也就迎刃而解了，只要落款个"你挚爱的表妹"就行了。可你离我这么远，你可能会害怕，但还是会对这番解释感到高兴。如若真有一丝这样的可能，我就不敢再拖延了，我要写下你不在时我常想说与你听、却一直没有勇气告诉你的话。

维克多，你很清楚，打儿时起，你父母最大的期望就是我们能结为连理。我们从小就被告知了这一点，被教导着要去期待这件定然会发生的事。我们小时候是亲密的玩伴，我也相信，随着年龄增长，我们成了彼此亲密无间的珍贵朋友。但正如兄妹之间往往乐于彼此相亲，却不希望会有更亲密的结合，我们之间是不是也是如此呢？告诉我吧，最最亲爱的维克多。为了我们彼此的幸福，我求你直言不讳地回答我——你是不是爱上了别人？

你曾四处周游，在因戈尔施塔特度过了好几年的岁月。我的朋友，我要向你坦白，去年秋天，看到你那么怏怏不乐，离群索居，孤寂一人，我不禁猜想你可能是对我们的关系后悔了。尽管父母同你的意愿相背，你还是觉得自己有义务出于荣誉感满足他们的愿望。不过这样想并不对。我要向你坦白，表哥，我爱你，在我对未来不切实际的畅想中，你一直是我的挚友和伴侣。可我希望你能幸福，就像我希望自己幸福一样。我向你挑明，除非是你自由选择的结果，否则我们的婚姻会让我痛苦终生。即使是现在，一想到你经受着最残酷的不幸，我就会泪流满面。你可能会因"荣誉"一词而扼杀掉爱情和幸福的全部希望，可只有这样的希望才能让你重归自我。我对你的爱意毫无私心杂念，却可能会阻碍你实现愿望，让你加倍痛苦。啊，维克多，请相信，你的表妹、你的玩伴对你爱得太过真挚了，以至于我不会因为这样的推测而伤悲。我的朋友，你要幸福，如果你能答应我这个请求的话，请放心，世上再不会有任何力量能搅乱我的宁静了。

请不要为这封信所烦扰。如果会给你带来痛苦的话，明天、后天，甚至到你回来之前就都不要回信了。舅舅会告诉我你的身体情况。倘若你我见面之时，你能因我这样或那样的努力而在唇边扬起一抹微笑的话，我便别无所求了。

伊丽莎白·拉文萨

17xx 年 5 月 18 日于日内瓦

这封信唤醒了我记忆中已经遗忘的东西。那恶魔威胁我——"你的新婚之夜，我会与你同在"。这就是对我的判决。到了那夜，那魔头会竭尽一切手段来毁掉我，我只能窥见一眼能抚慰我些许苦难的幸福，而后就会被毁灭。在那个夜晚，他决意用我的死来给他的罪行画上圆满的句号。好吧，那就这样吧。所以必将发生一场殊死搏斗了。若是他胜了，我就能安息了，他也再不能凌驾于我之上了。要是他败了，我就能自由了。

唉！什么自由啊？是像农民眼睁睁看着家人被屠杀、房屋被烧毁、土地变荒芜，他变得漂泊无依、无家可归、身无分文、孤独一人，却依然享有的那种自由吗？如果没有伊丽莎白这块珍宝，我的自由就会是那样的。唉！只有她才能帮我抵消那些至死都将折磨我的痛苦和悔恨。

　　我心爱的、可人的伊丽莎白啊！我一遍又一遍地读着她的信，一阵柔情溜进了我的心间，我竟敢低声诉说关于爱和欢乐的天堂幻梦。即便禁果已经被我吃下了，天使已经露出臂膀，驱散了我的一切希望。可要是能让她幸福，我情愿去死。如果那怪物将自己的威胁付诸实践，那死亡便不可避免。我在想，我的婚姻是否会加速我所注定的命运的到来。我可能确实会提前几个月被杀死，可若折磨我的人猜到我因其恐吓而推迟婚事，那他肯定会找到其他更可怕的报复手段。他发誓在我的新婚之夜会与我同在，但又并不用这威胁来约束自己，和我保持和平。好像是为了向我挑明他嗜血成性，他在发出威胁后就立刻杀死了克莱瓦尔。于是我决定，如果我和表妹立刻成婚能给她或家父带来幸福的话，那么我的冤家对头就休想用夺我性命的计划拖延我们片刻。

　　我这样想着，给伊丽莎白回了信。我的信平静又深情。我说："我心爱的女孩啊，我担心我们在世上的幸福已经所剩无几。可倘若有天我能享有幸福，那将全部来自你。把你的胡思乱想都赶走吧。我的生命、我为获得幸福而付出的努力都献给了你一人。伊丽莎白，我有一个秘密，一个可怕的秘密。将这个秘密告诉你时，你会恐惧到全身发凉。那时你就不会惊讶于我的痛苦，反而会诧异于我是如何承受这一切的。我可人的表妹啊，我们之间必须拥有绝对的信任。在我们婚后次日，我就会向你吐露这个凄惨又恐怖的故事。但在此之前，我恳求你不要提及、也不要暗示这件事。我衷心恳求你这样做，我知道你会答应我的。"

收到伊丽莎白来信后一周左右，我们回到了日内瓦。我表妹热情地欢迎了我，可看到我消瘦的身躯和烧红的脸颊时，她的眼里噙上了泪花。我也瞧见了她的变化。她瘦了，失去了很多曾令我无比着迷的活力，不过她性子温和，眼神柔软，充满怜悯，更适合同像我这样残破不堪的可怜人为伴了。

我此刻享有的平静并没有持续太久。回忆让我逐渐疯狂。我一想到过去发生的事情，就会变得疯癫起来。有时我愤懑不已，怒火中烧；有时又情绪低落，沮丧不堪。我一言不发，目中无物，就一动不动地坐着。重重苦痛铺天盖地而来，扰得我神志不清。

唯有伊丽莎白能将我从这些情绪中拉出来。当我躁动不安时，她温柔的嗓音能抚慰我；当我陷入麻木时，她又会唤起我的人性来。她同我一道哭泣，也为我垂泪。我的理智回归时，她会规劝我，努力让我顺服天命。啊！不幸之人能顺服天命固然不错，可有罪之人永无安宁。纵情伤悲有时也是种奢侈，悔恨之痛会将其荼毒殆尽。

到家后不久，家父就提出要让我跟表妹立即成婚。而我沉默不言。

"这么说，你是另有所爱了吗？"

"绝无可能。我爱伊丽莎白，我也欢欣盼望着我们能结为连理。那就把日子定下来吧。到那一天，无论是生是死，我都要为表妹的幸福而献身。"

"我亲爱的维克多，不要这样说。虽然天降横祸，却也让我们更加紧握现有的一切，把对已故之人的爱转移到还活着的人身上。我们的家族成员虽然变少了，但我们都被爱意和共同经历的悲痛紧紧地系在了一起。待到时间抚平你的绝望时，又将诞生新鲜的、可亲的人，取代那些被命运残酷夺走的人。"

这就是家父的教诲。可我又想起了那威胁。那恶魔嗜血行恶，已经无所不用其极，你也不必诧异于我觉得他简直是不可战胜的了；他说出"你的新婚之夜，我会与你同在"时，我自然觉得他所威胁的命运是不可避免的。可其实与失去伊丽莎白相比，死亡对我来说并不是什么坏事。于是，我带着满足甚至是愉悦的神情，同意了家父的提议。要是表妹同意的话，我们将在十天后举行婚礼。倘若如我所想，我的宿命也将就此盖棺定论。

苍天啊！哪怕能有刹那，让我想到那邪恶魔头可能会有什么地狱般的意图，我情愿永远被流放出国，像个无依无靠的流浪者一般漂泊于世，也不会同意这场悲剧的婚姻。可就像是被施了魔法一般，这怪物蒙蔽了我，让我看不到他的真实意图。当我以为我只是在为自己牺牲做准备时，不料却加速了另一位更珍贵的受害人的死。

随着我们的婚期临近，我出于怯懦，抑或是隐有预感，我觉得自己的心沉重万分。不过我掩饰了自己的情绪，强颜欢笑。这样虽是叫家父脸上露出了喜悦的笑容，但却很难骗过伊丽莎白那永远敏锐又善解人意的眼睛。她平静沉着地期待着我们结为连理，但却不免掺杂了些微忧虑。曾经的不幸将这忧虑印刻在了她的心头，她唯恐此刻看似确定而切实的幸福很快就会烟消云散，恍如一梦，了无痕迹，只留下长长久久的深切遗憾。

婚礼的筹备工作已经就绪，宾客纷纷前来道贺，每个人都喜笑颜开。我竭尽全力压住心中的焦虑，佯装热切地跟家父一同规划——哪怕这些规划不过是用来装点这场悲剧的罢了。家父在科洛尼附近给我们买了一座房，供我们享受乡野之乐。科洛尼离日内瓦也很近，我们每天都能见到父亲。家父为了欧内斯特好，还住在日内瓦城内，以便他可以在学校继续学业。

与此同时，我采取了一切预防措施来保护自己，以防那恶魔会公然袭击我。我随身携带着手枪和匕首，时刻提防着那恶魔的阴谋诡计。这些方法也让我更为安心了。其实，随着婚期临近，那威胁更像是一种幻觉，不值得来搅我安宁。婚期越发临近，我不断听到人们谈起我们的婚礼，好似没有什么意外能阻止这场婚礼到来，于是我期望的幸福婚姻看起来也愈发板上钉钉了。

伊丽莎白看着很欢喜。我的平静让她大为宽心。可到了我实现愿望、履行命数的那一天，她又郁郁寡欢起来，心头弥漫着不祥的预感。或许她想到了我答应次日就向她透露的那个可怕的秘密。与此同时，家父则大喜过望，忙上忙下地做准备，只当他侄女的忧郁是因为做新娘子的羞怯。

婚礼仪式结束后，父亲在家里举行了一场盛大的宴会。不过大家都认为，伊丽莎白和我应该去埃维昂度过下午和晚上，第二天早上再回科洛尼。天气晴朗，风势宜人，我们便决定乘船出行。

那是我生命中最后享有幸福的时光。我们飞速行驶。烈日炎炎，不过我们头顶有篷子遮阴。我们享受着眼前美景，时而在湖边瞧见了萨莱夫山、蒙塔莱格的宜人河岸，还有远处那睥睨群山的美丽勃朗峰，以及那些徒劳地想要效仿勃朗峰的重重雪山；时而我们沿着另一畔行船，看到雄伟的侏罗山脉以其阴面阻挡住了想要离开祖国的野心家，而对想要奴役这个国家的入侵者来说，又是近乎不可逾越的屏障。

我拉着伊丽莎白的手说："亲爱的，你好忧伤。啊！要是你知道我遭受了什么、又还要忍受什么的话，你就会努力让我享受一下宁静，享受一下免于绝望的自由，至少这一天让我能享受一把吧。"

"开心一点，亲爱的维克多，"伊丽莎白回答道，"我希望没什么能让你伤心。放心吧，即便我没在脸上表现出洋洋喜气，但我在心里也是满足的。我的耳畔好似有什么东西在低语，告诉我不要太期待我们的未来了。但我是不会理会这种不祥之声的。看看我们前进得多快啊，看看那些时而遮蔽山巅、时而飘上勃朗峰的云吧，给这美景又添了一抹意趣。再看看数不尽的鱼在水中游来游去，湖水清澈，甚至可以看清水底的每一颗卵石。多美妙的一天啊！大自然看起来是多么幸福、多么宁静啊！"

伊丽莎白努力想要把我们的思绪从一切令人忧郁的话题上转移开来。可是她的情绪也起伏不定，眼中偶尔闪烁出的片刻欢欣，很快就被心烦意乱、胡思乱想所取代了。

天边太阳渐沉，我们渡过了德朗斯河，注视着河流穿过高山峡谷、绕过低山幽谷。在这里，阿尔卑斯山离湖泊更近了，我们临近了构成阿尔卑斯山东麓的环形山脉。埃维昂的尖塔被树木环绕着，重重掩映的山脉高悬其上，衬得尖塔熠熠生辉。

疾风一直裹挟着我们一路前行，直到日落时分才转为徐徐的微风。柔和的风吹皱了水面，当我们靠近岸边时，林间枝叶也随风摇曳，飘出阵阵令人心旷神怡的花草芬芳。我们上岸时，太阳已经落下山去。我刚踏上岸边，那些恐惧和担忧又卷土重来，并始终萦绕着我的心头。

第六章

　　我们在八点钟上岸，又在岸边散了会儿步，享受着稍纵即逝的余晖。之后我们回到了旅馆，凝望着水色、林木和群山构成的迷人之景。景致隐匿在了黑暗之中，但仍能显出黑色的轮廓来。

　　南风式微，现在起了强劲的西风。月亮已经攀上了顶，又要开始下落了。云层迅速掠过月亮，比秃鹫飞得还要快，月光黯淡下来。湖面倒映着天上不断变化的景象。风浪又起，水波不歇，湖里的景色看起来也更忙了。突然间，一场暴雨倾盆而下。

　　我在白天一直都很平静，可夜幕降临，物体的形状变得模糊，我的心头便顿时涌现出了千般恐惧。我焦虑不安，小心翼翼，右手紧握着一把藏在胸前的手枪。任何响动都能吓到我。不过我决心用好我这条命，在即将到来的搏斗中绝不松懈，不是我死，就是他亡。

伊丽莎白观察了我一阵子，看着我躁动不安，她沉默不言，心惊胆战。终于，她说道："亲爱的维克多，是什么让你如此不安？你在害怕什么？"

"噢！冷静，冷静，亲爱的，"我回道，"今晚要冷静，一切都会平安无事的。但今夜太可怕了，非常可怕。"

我就在这样的精神状态下度过了一个小时，然后才猛然想到，我刚刚期盼的战斗对我的妻子而言会有多可怕。于是我迫切地恳求她先回去休息，我决定在对敌人的情况有所了解之前，不去同她一道休息。

她离开后，我继续在房子的走廊里来回踱步了一会儿，检查每一个可能藏匿敌人的角落。但我没有发现他的踪迹，我就开始猜想到底有什么好运，阻止了他来实施威胁。就在那时，我突然听到一声刺耳又可怖的尖叫，叫声是从伊丽莎白的卧室传来的。我一听到这惨叫，立马明白了一切。我的双臂垂落了下来，每块肌肉、每丝纤维都停止了运动。我能感到血液在血管中缓缓流动，刺痛着我的四肢末端。这种状态只维持了一瞬，尖叫声再次响起，我冲进了房间。

苍天啊！为什么我没有当场断气呢！为什么我还在这里讲述世界上最美好的希望的破碎、最纯洁之人的毁灭呢？她就在那儿，毫无生气，身体被扔在床上，头垂了下来，面容苍白扭曲，被头发半遮着。无论我现在转向何方，都能看到同样的惨状——她没有血色的手臂和松垮垮的身体被凶手狠狠扔在了床上，婚床成了棺材。目睹了此番景象，我还能活着吗？唉！可生命顽强坚韧，在人最想死之时反倒抓得最牢固。我只是一时失去了意识，昏了过去。

等我恢复意识时，发现自己被旅馆的人围绕着，他们的脸上流露出了一种令人窒息的恐惧。可其他人的恐惧不过是可笑的模仿罢了，只是压在我心头的种种情绪的幻影而已。我逃离了他们，来到放置伊丽莎白尸体的房间里。我的爱人、我的妻子啊，她不久前还是那样鲜活、那样可亲、那样可贵。她被动过了，跟我一开始见到的姿势不一样了。现在她就躺在那里，头枕着一条手臂，手帕盖在脸上和脖子上，我会以为她只是睡着了。我冲向了她，热忱地抱住她。可是她的四肢死寂无力，一片冰凉，告诉着我，我现在怀抱着的不再是我爱过、珍惜过的伊丽莎白了。她脖子上留着那恶魔掐死她的印记，她的双唇已不再吐露气息。

我正沉浸于绝望的痛苦，俯身靠近她时，不经意间抬头看了一眼。房间的窗户此前已经黑下来了，看到淡黄色的月光照亮房间时，我感到了一丝恐慌。百叶窗被拉开了。我在打开的窗户上看到了一个最为丑陋、最令人憎恶的身影，我惊悚到难以言表。那怪物脸上露出狞笑，用他那恶魔般的手指指向我妻子的尸体，好似在嘲弄我。我冲向了窗户，从怀里掏出手枪来，开了枪。可是他躲开了，从原先的位置跳了起来，然后像闪电般迅捷地跑走，扎进了湖里。

枪声惊来了人群。他们进了房间，我指向了他消失不见的地方，然后我们驾船追了过去。网撒了下去，却一无所获。好几个小时过去了，我们失望而归，绝大多数同伴都觉得那只是我幻想出来的形象罢了。上岸以后，他们开始在乡间搜寻，分成几组去了林间和葡萄园中。

我没有陪他们一起去，我已经精疲力竭了。我眼前蒙上了一层雾，皮肤因为发烧而变得焦干。我就这样躺在床上，很难意识到发生了什么。我的眼神在房间里四处游走，好像是在寻找业已失去的什么。

终于，我想起家父还在焦急地等待着伊丽莎白和我回去，而我不得不独自回去了。这么一想又叫我泪盈满眶，哭了很久。可我的思绪却漫游到了好多事情上，我思考着自己的不幸，思考其背后的原因。疑云掺杂着恐惧，困扰着我。威廉死了、贾丝廷被处决了、克莱瓦尔被谋杀了，最后则是我的妻子。即便是在那一刻，我也不知道自己仅存的亲友是否能够幸免于难，免遭那魔头毒手。甚至家父现在就可能正在他的手中经受折磨，欧内斯特可能已经死在了他的脚下。这样的念头让我不寒而栗，把我唤了回来，去采取行动。我站起身来，决定立刻返回日内瓦。

因为弄不到马匹，我必须走水路回去。可是风势不利，大雨倾盆。不过天色尚早，我应该能在天黑前到达。我雇了人划船，自己也拿了根桨，毕竟运动起来总能缓解我的精神折磨。可我此刻感觉痛苦多得要溢出来了，焦虑过头，根本划不动船。我扔下了桨，双手撑着头，任由各种阴郁的想法在脑海中涌现。如果抬起头来，我就会看见欢乐时光中的一幕幕熟悉的场景。就在前一天，我还曾在她的陪伴下同赏此景，如今她已成了一道影子，成了回忆。我泪如泉涌。雨停了一会儿，我看到鱼儿就像几个小时前一样在水中嬉戏，那个时候伊丽莎白还在看着它们。对人心而言，没有什么比突如其来的巨变更令人痛苦了。也许阳光仍会照耀，阴云终会散去，可是对我来说，一切都与前一天不同了。一个恶魔从我这里夺走了未来幸福的全部希望，没有人曾像我这样悲惨过。如此可怕之事在人类历史上绝无仅有。

这已经是最后的极致惨剧了，我又何必再絮叨自此之后的事？我的故事一直充满了惊悚，如今已经讲至了高潮，我现在要讲的只会让你觉得乏味。要知道，我的亲朋已经被一个接一个地夺走了，独留我孑然一身。我已经耗尽了气力，必须得三言两语来讲讲这可怕故事剩下的部分。

我到了日内瓦。家父和欧内斯特还活着，但父亲因为我带来的消息崩溃了。他的样子现在还浮现在我眼前，多么优秀又可敬的老人啊！当时他的眼神变得空洞，失了魅力，也失了喜悦——他失去了他的侄女、他胜似亲生女儿的存在。他向她倾注了一个人能拥有的全部爱意。他业已迟暮，只剩了为数不多的感情，所以才更加热忱地想要紧握住仅剩的爱意。该死的、该死的恶魔啊，他给我白发苍苍的父亲带来了灾祸，注定要让他在不幸之中虚度此生了！家父无法承受身边发生的接连不断的打击，他突发中风，几天后便死在了我的怀里。

我后来如何了？我不知道。我失去了知觉，唯有枷锁和黑暗压身。有时，我真的梦到了自己与少年时的友人们漫步于开满鲜花的草地和宜人的山谷中，可是醒来之后，我却发现自己身处地牢。愁思也随之而来。可是我渐渐清楚认识到了自己不幸的处境，随后就被释放出狱了。他们都叫我疯子。据我所知，有好几个月我都被单独关在了一间牢房里。

但是自由对我来说只是毫无意义的馈赠，我渐渐恢复了理智，同时也唤醒了复仇之心。过去的惨痛记忆压上心头，我开始反思命运多舛背后的根源——我创造的那个怪物，那个我送往这世间来毁灭自己的卑鄙魔头。我一想到他就气急攻心。我想要抓住他，热切地祈祷我能抓住他，对着他该死的脑袋狠狠发泄一通，以解我心头之恨。

我的仇恨并没有止步于无用的祈愿。我开始思考如何用最佳方式抓到他。为此，在我获释约莫一个月后，我找到了镇上的刑事法官，告诉他我要提出指控，我知道毁掉我家的凶手是谁，我要求他动用自己的全部职权来逮捕凶手。

治安官专注和善地听着，说道："放心吧先生，我定会不辞辛劳、竭尽全力找出凶手的。"

"谢谢您，"我回答道，"那就请听我宣誓作证吧。这桩故事的确十分离奇，但不管有多不可思议，真相本身足以令人信服，否则我担心您是不会相信我这故事的。我这故事环环相扣，根本不可能被错当成梦，再说我也没有撒谎的动机。"我跟他说话时，既有感染力又十分镇定。我已经在心头下定决心，要追杀我的仇人，至死方休。这个目标缓解了我的痛苦，让我能暂时平静下来，先活下去。我简明扼要地讲了我的过往，但是语气坚定、表述精准，日期都说得很详细，完全没有出言谩骂或是大呼小叫。

起初治安官似乎全然不信，但随着我继续讲述，他变得愈发专注，越来越感兴趣。我看到他时而胆战心惊，时而面露讶异，完全没有不可置信的意思。

做完呈词后，我说道："这就是我要指控的人，我请您竭尽全力找到他、惩处他。这是您作为治安官的职责，我相信也希望您的感情不会妨碍到您在此事上履职。"

这番话让我的这位听众脸色大变。他半信半疑地听完了我的故事，像是在听什么鬼怪故事、超自然事件一样。可是一旦要求他为此正式采取行动，他的所有怀疑又都卷土重来了。不过他回答得很委婉："我很乐意为你提供一切帮助，但你说的那个人似乎能力非凡，我用尽全力都难与之一战。谁能追到一个可以穿越冰海、栖息在人类不敢涉足的洞穴兽窝中的动物呢？再说了，离他犯下罪行已经过去了好几个月了，没人能猜到他流浪到什么地方去了，也不知道他现在会住在哪里。"

"我敢肯定，他就在我的住所附近徘徊。如果他真躲进了阿尔卑斯山，也能像羚羊一样被猎杀，像捕获猛兽一样被灭掉。

不过我理解你的想法：你不相信我讲的，也不打算去追捕我的敌人，给他应得的处罚。"

我说话时眼中闪烁着怒火，吓到了治安官。他说："你误会了，我会尽我所能的。你放心，如果我有能力抓到这怪物的话，他一定会接受与其罪行相称的惩罚。可是，根据你描述的他的特性来看，我担心这不切实际。而且，在采取一切适当措施的同时，你也应该努力做好会失望的准备。"

"不可能的。不过我怎么说都无济于事了。我的复仇对你来说根本就无关紧要。不过，我虽承认复仇是种恶行，但我要坦白讲，复仇是唯一能激发我的激情的事，它占据了我灵魂的全部。想到我创造的杀人凶手还存活于世，我就愤怒到难以言说。你拒绝了我的正当要求，我就只有一个办法了：不论死活，我都要以一己之力毁了他。"

我一边说着，一边激动到浑身发抖。我举止狂乱，毫不怀疑自己身上还带着那种传说中古代殉道者拥有的桀骜不驯的凶悍。不过对于一个日内瓦的治安官来讲，他的思想境界离献身和英雄主义差远了，这种高涨的情绪在他眼里更像是发了狂。他像看护哄孩子一样努力安抚我，又开始说我的故事是神志不清的胡言乱语。

"你啊，"我喊道，"你自诩聪慧，其实无知至斯！住口吧，你根本不知道自己在说什么。"

我怒气冲冲、心烦意乱地冲出了那间房子，回去苦想其他的行动方法了。

第七章

　　我当时所有自主的想法都荡然无存。怒火驱使着我，全靠复仇赋予我力量和镇定。仇恨塑造了我的情感，让我变得冷静而谨慎，否则我注定要神智失常，或是一命呜呼。

　　我下的第一个决心便是要永远离开日内瓦。在我被幸福环绕之时，家乡于我而言是亲切的，而如今家乡已经变得面目可憎。我给自己准备了一笔钱，带上了我母亲留下的几件珠宝首饰，然后就离开了。

　　我就此开始了流浪生涯，至死方休。我横跨了地球上的大部分地区，度过了旅行者们在沙漠和野蛮国家中常常遇到的艰难险阻。我都不知道自己是怎么活下来的。好多次我都张开逐渐瘫软的四肢，躺在沙地上，祈求着死亡。可是复仇的欲望又让我要继续活下去。我不敢就这样死去，却让那魔头继续留在世间。

离开日内瓦时，我的首要任务就是要找到些线索来追踪那恶魔的行踪。但是我还没有定下计划来，所以在城边徘徊了好久，不确定应该走哪条路。夜幕降临，我发现自己来到了威廉、伊丽莎白和家父安眠的墓地入口。我走了进去，走近了刻着他们名字的墓碑。万籁俱寂，只有树叶被风儿轻轻摇曳着，沙沙作响。天差不多全黑了。即便是对无动于衷的旁观者而言，这样的场景也显得庄严肃穆、令人动容。逝者的魂魄好似在四处飘游，在哀悼者的头顶投下了一片只可感知、不可眼见的阴影。

起初，这一幕激起了我深切的悲恸，但很快就被愤怒和绝望取代了。他们死了，而我还活着，杀死他们的凶手也还活着。为了毁灭他，我必须继续苟延残喘地活下去。我跪在了草地上，亲吻着大地，用颤抖的双唇喊道："以我跪拜的神圣大地、徘徊在我身边的重重幽魂、我感受到的深切而永恒的悲痛起誓；以你——噢，黑夜，以及掌管你的魂魄起誓，我发誓要逮到那个造成这场惨剧的魔头，我们要殊死相斗，不是他死就是我亡。为此，我要好好爱惜生命。我将再度仰望太阳，踏上绿草丛生的大地，若有违背，这一切都将从我眼前永远消失。我也呼唤你们，亡灵啊，复仇的游魂啊，请助我一臂之力，指引我完成我的复仇大业吧。让那个该死的魔鬼深尝痛苦的滋味，让他感受到此刻折磨着我的绝望吧。"

我庄严郑重、怀揣着敬畏之心开始宣誓，所以几乎可以肯定，我惨遭杀害的亲友之灵听到了我的誓言，也赞许了我的虔诚。可是话音刚落，愤怒就又占据了我，令我怒火陡升，如鲠在喉。

一阵魔鬼般的狂笑穿破寂静夜空，回应了我的誓言。沉沉的笑声在我耳边久久回荡，回荡在群山之间。我觉得自己仿佛身陷地狱，周边尽是愚弄嘲笑。我确实就该在那一刻彻底发狂，结束我这悲惨的人生。可是我的誓言被听到了，我得留下来报仇。笑声渐渐散去了，一个熟悉又讨厌的声音显然就贴在我耳边响起，对我轻声低语道："我很满意。可怜的倒霉蛋！你决定要活下去，我很满意。"

我冲向了声音传来的地方，但那魔鬼逃出了我的手掌心。突然，一轮圆月高悬而起，照亮了他那可怕扭曲的身形，他正以超乎凡人的速度逃开了去。

我追赶着他。好几个月来，追他就成了我的任务。我循着微弱的线索，沿着蜿蜒曲折的罗讷河找寻，却一无所获。蔚蓝的地中海出现在我眼前。一次偶然的机会，我看到那魔头在夜间潜进了一艘驶往黑海的船只，我便登上了同一艘船，却又让他给逃走了。

在鞑靼和俄罗斯的荒野之中，虽然他仍避着我，但我一直追寻着他的踪迹。有时，被这可怕的幽灵吓到的农民们会告诉我他的行踪。有时，他会担心我失去了他的一切踪迹就会绝望而死，于是他本人也常常留下一些标记来给我引路。雪落在我头上，我看到白色的平原上印着他巨大的脚印。像你这样初入人世、对忧虑一无所知、对痛苦毫无概念的人，又怎能理解我感受过且现在仍在感受着的是什么呢？寒冷、饥渴和疲惫只是我注定要忍受的痛苦中的冰山一角罢了。我被恶魔诅咒了，仿佛被打入了永恒的地狱。可始终有个善良的灵魂指引着我的步伐，当我最为哀怨之时，总能把我从困境中解救出来。有时，饥饿战胜本性，疲乏击沉人心，荒漠中为我备好的一顿饭又会让我恢复体力，重整旗鼓。食物确实很粗糙，就像乡下农民吃的一样。但我毫不怀疑，那是我祈求来帮助我的魂魄们放在那里的。很多时候，万物焦干，空中无云，我正口干舌燥，天边会飘来一朵薄云，遮蔽了天光，落下几滴雨来，让我重获活力，那云便又消失不见。

我尽可能沿着河流走，但那魔头通常会避开河道，因为当地人口主要都聚居在那里，而其他地方就人迹罕至了。我一般以路过的野生动物为食。我身上有钱，靠着分发钱款或是带去一些猎杀的猎物赢得了村民的友谊。我自己只吃一小部分，然后总是会把其他部分送给那些为我提供火源和炊具的人。

我就是如此度日的。我的生活确实令我厌恶，只有在睡觉时我才能品尝到快乐。噢，睡觉真幸福！我在最痛苦的时候常常会沉入梦乡，种种梦境甚至会让我欣喜若狂。守护我的魂魄为我提供了这些幸福时刻——甚至是好几个小时的幸福，让我有力量完成我的使命。若是没有这一喘息的时机，我可能就会被艰难困苦给压垮了。白日里，对夜晚的期盼支撑激励着我：因为在睡梦中，我可以见到我的亲朋、我的妻子和我挚爱的家乡。我又见到了家父慈祥的面容，听到了伊丽莎白银铃般的嗓音，看到了克莱瓦尔身体康健、青春洋溢。长途跋涉、疲惫不堪之时，我常常安慰自己说，我正在做梦呢，等到夜幕降临，我就能在最最亲爱的亲朋怀中享受现实了。我爱他们爱得好苦啊！我是多么依恋他们可爱的身影啊。有时甚至是清醒之时，我都能被他们萦绕着，让我说服自己他们还活着！彼时彼刻，我内心烧起的复仇之火就会燃烧殆尽，我又继续赶路，前去灭掉那魔头——但这更像是替天行道，是潜意识中某种力量带来的机械冲动，而非源自灵魂的强烈渴望了。

我追逐的这个恶魔有何感受，我无从得知。有时，他确实会在树皮上或是石头上留下文字标记，指引着我，也激起我的怒气。其中一处清晰地刻下了这些话："我对你的统治尚未结束，只要你还活着，我就要行使我的权力。跟我来吧，我要去寻找北方永不消融的冰原，你会在那里经受天寒地冻之苦。要是你跟得不算太慢，就能在这附近发现只死兔子。吃了它，恢复一下精神。来吧，我的敌人，我们还要殊死搏斗呢。不过在那一刻到来之前，你还必须要挨过很多艰难而痛苦的时刻。"

这魔头还嘲弄我！我又一次发誓要复仇。我要再度将你这卑鄙的恶魔折磨至死。我永远也不会结束寻觅，除非我死或是他亡。然后，我便能欣喜若狂地同我的伊丽莎白和亲友们团聚了，他们现在就在准备犒劳我这冗长乏味、举步维艰、辛酸可怖的复仇之旅。

我继续向北进发，雪愈来愈厚，寒冷到几乎让人难以承受。

农民们被困在了自己的茅屋里，只有少数最耐寒的人才会冒险外出，去抓点那些饿到不得不离开藏身之处来寻觅食物的动物。河流冰封，捞不到鱼，我也就此失去了赖以维生的主要来源。

随着我赶路难度加剧，我的敌人也愈发胜券在握了。他有次刻下了这样的话："做好准备吧！你的苦日子才刚刚开始呢。裹上皮草，备好食物，我们很快就要踏上下一段旅程了，到时候光看你受苦受难就能满足我永不消散的仇恨了。"

这些冷嘲热讽激起了我的勇气和毅力来，我决心不达目的誓不罢休，祈求上天助我一臂之力。我一鼓作气横跨了广袤的荒野，直到海洋出现在了地平线的最远端。嗬！这海与南方的蓝色大海是多么不同呀！海面覆盖着冰层，与陆地唯一的区别只在于它更荒凉，也更崎岖。当希腊人从亚洲的山丘上瞭望到地中海时，他们为终于结束的苦难喜极而泣，疯狂欢呼。我没有哭，但我跪了下来，全心全意地感谢指引我而来的灵魂，感谢它带领我安全抵达了我想要去往的地方。尽管我的死敌嘲笑我、愚弄我，我还是要在此与他相遇，并且决一死战。

在此之前的几星期，我弄到了一架雪橇和几只狗，就这样以不可思议的速度横跨了雪地。我不知道那恶魔是否也有同样的条件，但我发现，我之前每天追着追着都会落后一点，而现在渐渐追上来了，以至于当我第一次看到大海时，他只比我早到了一天，所以我期望能在他到达海滩前拦住他。于是，我又鼓起勇气继续前行，两天后抵达了海边一个破败的小村庄。我向居民们询问了那恶魔的情况，获得了准确的信息。他们说，前一天晚上来了个特别大的怪物，备着一把长枪和很多手枪。他样貌可怖，把一座独栋农舍的住户都给吓跑了。他抢走了村民们过冬的存粮，放在了一架雪橇上。为了拉雪橇，他又抓来了一群训练有素的狗，给它们套上了挽具。就在当晚，他驾着雪橇穿过茫茫大海，朝着没有陆地的方向继续驶去了。这群吓坏了的村民们很是欣喜。他们猜想，他肯定很快就会因为冰层碎裂而殒命，又或是会被极寒的天气冻死。

听闻这一消息，我一时陷入了绝望。他逃开了我。我又必须越过海上的重重冰川，开始一场几乎永无止境的毁灭之旅。我还要置身于连当地居民都几乎无法长期忍受的酷寒之中，而我生长于阳光温暖的气候之下，根本没希望存活下来。可是，一想到这个恶魔会活下来，会取得胜利、得意扬扬，我的愤怒和仇意就如猛浪席卷而来，淹没了其他所有感受。我稍事休息，其间死者的魂灵徘徊在我身边，激励着我继续不畏艰难、前去复仇，然后我便开始着手准备此次行程。

我把陆地雪橇换成了专为崎岖不平的冰海设计的雪橇，购买了充足的补给，然后出发。

我算不清从那时起已经过去了多少天，但我经受了千磨百折，全靠心头燃烧着的对因果报应的永恒信念才走了下去。巨大崎岖的冰山常常阻碍我，我也经常听到海啸雷鸣，威胁着要毁掉我。不过霜冻再次来袭，海路又变得安全了。

根据食物消耗量来看，我猜我已经在这场旅途中度过三个星期了。但希望遥遥无期，我的心又沉了下去，不禁流下失望而悲伤的泪水。绝望几乎就要吞没我了。有一回，可怜的小狗们载着我，经过了难以置信的艰难跋涉，终于把我拉到了一座陡峭的冰山之巅。一条狗因为精疲力竭倒地而亡了。我痛苦地望着眼前的茫茫冰原，就在那时，我突然在昏暗的平原上捕捉到了一个黑点。我尽力睁大了眼，想要辨清那是什么。当我认出那是一架雪橇、里面有个熟悉的畸形身影时，我发出了一声狂喜的尖叫。噢！希望喷涌而出、熊熊燃烧着重返我心！我热泪盈眶，又急忙擦拭干净，生怕会挡着我去盯住那恶魔。可灼热的泪水还是模糊了我的视线，我再也压抑不住情绪，放声大哭。

但事不宜迟。我把狗群驱离了同伴的尸体，让它们饱餐一顿补充体力。我们休息了一个小时——虽然绝对有必要，但却让我很是心烦意乱——然后我们就继续上路了。那雪橇仍旧可见，除了偶尔会被冰岩间的峭壁遮挡一下，我从未失去过雪橇的踪迹。我确实是肉眼可见地在渐渐逼近它。跋涉了近两天后，我看见我的敌人就在不到一英里远的地方，我的心狂跳了起来。

可就在敌人看似唾手可得之时，希望突然破灭了。我现在彻底失去了他的一切踪迹，比以往任何时候都失去得彻底。我听到了海啸声，海浪在我脚下翻滚起伏，轰鸣声变得愈发凶险可怖。我奋力前行，可却无济于事。狂风大作，海浪呼号，然后仿佛地震般，海面崩裂了，发出震耳欲聋的巨大声响。这一切很快就结束了。仅仅几分钟内，我和敌人之间就被翻滚的海浪隔绝了。我在一块不断缩小的浮冰上，等待着死亡降临。

我就这样心惊胆战地过了好几个小时。好几只狗都死了，我自己也即将不堪重负，彻底绝望。就在这时，我看到你们的船漂泊在海面上，这给我带来了获救生还的希望。我从来不知道有船竟会航行到如此之北的地方，眼前之景令我大吃一惊。我迅速拆掉了一部分雪橇来作船桨，就这样，我在筋疲力尽中将我的冰筏划向了你的船。我曾下定决心，若是你要驶向南方，那我仍旧要靠大海怜惜、助我前行，我是不会放弃我复仇的目标的。我还曾想说服你给我一艘船，我就能继续去追我的敌人了。幸好，你是要朝北前行。当我精力耗尽之时，你把我带上了船，否则我很快就要因为这一路上的磨难而坠入死亡了——可我还不能死，因为我还没有完成复仇。

噢！为我引路的魂魄何时才能带我找到那魔头，让我得到孜孜以求的休憩啊？还是说我必须死去，而他却能活着？要是我真死了，沃尔顿，你要向我发誓不会让他逃掉，发誓你会找到他，让他偿命，来替我复仇。可是，我胆敢请你来承接我的复仇之旅、忍受我经历过的苦难吗？不会的，我没有这么自私。但是，待我死后，如果他出现了，如果复仇使者把他带到了你面前，你发誓不能让他存活下来，发誓不要让他踩着我一层叠一层的哀戚获胜，不要让他在世间继续制造悲剧。他口若悬河、很会说服人，他的话甚至一度打动过我的心，但是不要相信他。他的灵魂和他的外表一样邪恶，充满了背叛和魔鬼般的恶意。不要听他的。请你呼唤着威廉、贾丝廷、克莱瓦尔、伊丽莎白、家父以及可怜的维克多的魂灵，把你的剑扎进他的心脏。我会徘徊在你身旁，指引你的钢剑正中那恶魔的心窝。

沃尔顿致萨维尔夫人的信（续）

　　玛格丽特，读罢这个离奇可怕的故事，你难道没有觉得惊悚到血液都凝固起来了吗？即便是现在，我都还会有这种感受。有时，他会突然感到一阵剧痛，无法继续讲故事；有时，他的嗓音破碎但刺耳，艰难地吐出充满痛苦的话来。他漂亮动人的双眼时而迸射出愤懑的光芒，时而黯然失色，悲伤哀戚，在无尽的痛苦中湮灭掉了一切神采。有时他控制住自己的表情和语气，用平静的声音讲述最恐怖的事件，没有一丝一毫的激动情绪。然后，就像火山爆发一样，他会突然暴怒，脸色大变，对着迫害他的人尖声诅咒。

　　他的故事看似是在讲述再简单不过的真实状况，却环环相扣。但我必须承认，无论他的片面之词多么真挚、多么合乎逻辑，到头来还是费利克斯和萨菲的信件（他给我看过），以及我们从船上瞥见的怪物身影，才让我确信他所言不虚。这样的怪物真的存在，我对此并不怀疑，却又感到惊叹不已。有时我试图从弗兰肯斯坦那里了解他创造那一生物的细节，但他对此守口如瓶。

"你疯了吗，我的朋友？"他说，"还是说你那毫无意义的好奇心让你迷失了？你还要给自己和这世间创造一个恶魔般的敌人吗？你问的问题到底想要表达什么？安静，安静！从我的苦难中吸取教训，不要试图增加你自己的痛苦。"

弗兰肯斯坦发现我记下了他的故事。他要求查看这些笔记，并且亲自修订补充了其中多处，主要是他和那个恶魔之间的对话，他的修改让对话更加活灵活现。他说："既然你把我的故事记录了下来，那么我不希望让一个残缺不全的版本流传后世。"

就这样，一个星期过去了，我听完了有史以来最离奇的故事。我的思绪和灵魂中的种种情感都被我的客人所吸引，这个故事和他自己高尚温和的举止都让我着迷。我想安慰他，但我能劝慰一个悲惨至极、丧失了一切慰藉希望的人活下去吗？噢，不！他现在唯一能感受到的快乐，就是让他破碎的感情归于平静，走向死亡。但他还能享受着孤独和妄想带来的一种慰藉：他相信，当他在梦中与亲朋交谈，从交流中获得慰藉，或激发出复仇欲望之时，他们并不是他想象中的产物，而是从遥远的世界来拜访他的真实存在。这种信念给他的幻想赋予了一种庄严感，让我觉得它们就像真实存在的一般令人信服、引人入胜。

我们的谈话并不总是局限于他自己的过往和不幸。在广泛的文学领域的方方面面，他都能表现出渊博的学识和敏锐的洞察力。他的言语既有力又感人，当他讲述悲惨之事或是试图引起怜悯或爱意时，我总是忍不住落泪。他在潦倒落魄之时尚且如此高贵神圣，在得意顺遂之时该是个多么闪闪发光之人啊。他似乎清楚自己的价值，也知道自己跌落得有多么惨痛。

他说："年轻时，我觉得自己注定要成就一番伟业。我的感情很深厚，也拥有冷静的判断力，所以能够取得卓越的成就。于其他人而言，这种对自身天性价值的认知可能会是压力，但却能支撑着我。我认为，把可能对同胞有用的才能浪费在无用的悲伤中是一种罪过。回顾已经完成的工作，我至少也创造了一个感性和理性兼具的生物出来，这就让我没办法将自己归于普通的空想家之流。这种想法支撑着我开启了自己的事业，现在却反倒让我深陷泥潭。我所有的思想和希望都毫无意义。就像渴望获得全能的大天使一样，我被永远地束缚在了地狱里。我的想象力很丰富，分析能力和应用能力也很强，正是这些特质结合在一起，我才有了这个想法，造了一个人出来。即使是现在，回忆起工作尚未完成时的那些幻想，我都无法不激情洋溢。我的思绪天马行空，时而为自己的能力欢欣鼓舞，时而为其结果焦灼不安。我从小就怀有崇高理想和远大抱负，但现在却如此堕落！噢，我的朋友，如果你曾经认识我，那一定不会认出现下这般落魄潦倒的我。曾经我很少沮丧，似乎有一种崇高的宿命托举着我扶摇直上，直到我跌了下来，便一蹶不振。"

难道我就要失去这个令人钦佩的人了吗？我渴望有一个朋友，一个能够同情我、爱我的人。看啊，在这片荒寂的大海上，我找到了这样的一个人。但我担心，我得到他只是为了明白他的价值，然后就会失去他。我想让他活下去，但他回绝了。

他说："沃尔顿，谢谢你对我这个可怜的倒霉鬼抱有善意。但你谈论新的关系、新的感情时，你认为有人可以取代那些已经离开的人吗？有人可以像克莱瓦尔一样对我吗？或者会有另一个伊丽莎白吗？即便没有因为某种优秀品质而激发出浓烈的情谊，儿时的伙伴也总在我们的脑海中占有一席之地，是日后的朋友很难替代的。他们了解我们幼时的性情，他们也能够更确切地判断我们行为的动机是否纯正。若非确实是早有征兆，兄弟姐妹间永远不会怀疑对方会欺诈瞒骗、虚情假意；而朋友的话，无论多亲密无间，都可能不由自主地有所怀疑。但我还是喜爱朋友。他们很宝贵，不仅是出于习惯和交情，更是因为他们有自己的优点。无论我身在何方，伊丽莎白抚慰人心的嗓音和克莱瓦尔的谈话都会在我耳边低响。他们死了。在这样的孤独中，只有一种信念能说服我活下去。如果我能从事一项对人类大有裨益的崇高事业或致力于相关目标，那我就能活下去，努力付诸实践。但这并非我的宿命。我必须追捕并消灭掉我赋予了生命的那个存在，这样，我在世上的使命就算完成了，我也可以死去了。"

17xx 年 8 月 26 日

我亲爱的姐姐：

落笔之时，我身陷险境，完全不知道自己是否还能再见到亲爱的英格兰，见到居住在那里的挚友们。我被冰山包围，无处可逃，我的船随时面临着被挤碎的危险。当初被我劝来与我同行的同伴们都在让我想办法逃出去，可我却无计可施。我们的处境万分可怕，但勇气和希望并没有弃我而去。我们可能会生还。即便不能，我也会效仿塞涅卡①，坦然赴死。

可是，玛格丽特，你的心情又会是怎样的呢？你不会听闻我的噩耗，只会焦急地等着我回来。岁月流逝，你会被绝望与希望交替折磨。噢！我亲爱的姐姐啊，一想到你期待着我的归来却又一次次落空，这比我的死还令我心痛。不过你还有丈夫，还有可爱的孩子，你会幸福的。愿上天保佑，让你幸福快乐！

我那命运多舛的客人待我无比温柔，同情我，关怀我。他努力让我保有希望，说起话来也仿佛生命是他所珍视的财产。他提醒我，挑战过这片海域的其他航海家也常遇到同样的意外。尽管我自己并不这想，但他还是让我充满了乐观的预判。就

---

① 吕齐乌斯·安涅·塞涅卡（约公元前 4 年—公元前 65 年），古罗马哲学家、政治家、剧作家。在政治斗争中被勒令自杀，塞涅卡以坚忍不拔的毅力自杀身亡。——译者注

连水手们也都感受到了他那好口才带来的力量：当他说话时，他们就不再绝望了。他唤醒了他们的干劲，听到他的声音，他们就会相信这些巨大的冰山不过是小土丘罢了，在人类的决心面前全都会消失不见。但这些感觉都转瞬即逝。他们日日期盼，却迟迟不见好转，因此内心又再度充满了恐惧。我都要害怕这种绝望会引起暴动了。

9月2日

刚才发生的一幕十分罕见，虽然这些信纸可能永远都无法送到你手里了，但我还是忍不住要记下来。

我们仍旧被冰山围困着，仍面临着冰山碰撞将我们挤碎的困局。天气异常寒冷，好些不幸的同伴已经葬身于这荒凉之地。弗兰肯斯坦的健康状况日益恶化。他眼中依旧闪着亢奋的火焰，但他已经油尽灯枯，有时突然恢复精神，但很快就又会陷入毫无生气的状态中去了。

我在上一封信中提到过我担心会出现暴乱。今天早上，我坐在那儿看着我朋友的苍白面容——他的眼睛半闭着，四肢无精打采地垂着。我被六七名水手吵醒，他们想要进到船舱里来。进来后，领头的人告诉我，他和他的同伴被其他水手推选为代表来见我，要向我提个要求，而我出于道义不能拒绝。我们被困在了冰里，或许永远都逃不出去了。但他们担心的是，万一冰层消融，开辟出了一条畅通无阻的通道的话，我可能会继续贸然航行，在他们可能刚刚脱险之后，又把他们带到新的危机之中。鉴于此，他们希望我能郑重承诺，如果船只得以脱困，我将立即掉头，向南航行。

这番话让我很是为难。我尚未绝望，即便脱险了，我也没有考虑过要回去。但出于道义，甚至说从可能性来看，我能拒绝这个要求吗？回答前我犹豫了。弗兰肯斯坦起初一直沉默不言，似乎力不能支，没法加入谈话。可现在他却恢复了精神，眼睛闪闪发光，脸颊也瞬间焕发出活力。他转向了那些人，说道：

"你们是什么意思？你们在向船长提什么要求？难道你们这么轻易就要改变目标了吗？你们不是称之为光荣征途吗？为什么光荣？不是因为这里的海似南方的海一般平静，而是因为征程充满了危险和恐惧；因为每个新情况都需要你们不屈不挠地面对，都要你们展现出勇气来；因为危险和死亡环绕丛生，你们要坚毅面对、战胜危机。如此才是光荣的，如此才是可敬的事业。你们此后将受到人们的欢呼，被誉为人类的恩主。你们是为荣耀和人类福祉而献身的勇士，你们的名字将因此而受万众敬仰。可如今，瞧啊，你们刚一想到有危险，或者说——你们接受第一场严峻而可怕的考验时，你们就退缩了，心甘情愿去当无力忍受寒冷和危险的弱者。于是乎，可怜的家伙呵，这些人一旦冷了，就缩到温暖的炉火旁去了。嗨，要是这样就话，当初就不需要如此准备了。你们不需要跑这么远，把你们的船长拖到失败的耻辱柱上，只为了证明自己是个懦夫。嗬！做个男人吧，做个更强的男人吧。坚守你们的目标，要坚如磐石。冰不是用像你们的心一样的材料做成的。冰是易变的，如果你们相信冰川拦不住你们，那它就会拦不住你们。不要脸上带着耻辱的烙印回到你们家人身边。你们要当战斗过、征服过、不知道临阵逃脱为何物的勇士，然后归乡。"

他说这番话时，嗓音也随着要表达的情感的变化而变化，目光里充满了崇高的理想和英雄气概，这些人会被他打动也就不会奇怪了。他们面面相觑，无从作答。于是我发话了。我让他们回去休息，再好好想想刚才说的话。如果他们强烈要求往南去，我就不会继续带他们向北了。不过我希望他们认真考虑后能够重拾勇气。

他们离开了，我转向了我的朋友。可是他已陷入倦怠，奄奄一息。

这一切将会如何终结？我也不知道。但我宁愿死，也不愿带着未竟之业耻辱而归。可是恐怕我的宿命也就只能如此了。那些人没有荣誉感和道义支撑，绝不会心甘情愿地继续忍受当下的困苦。

9月5日

事已至此，无可转圜。我已经同意了，如果我们死里逃生，那就返航回去。我的希望就这样被懦弱和优柔寡断给毁掉了。我要一无所获、两手空空地回来了。我需要变得更为豁达，才能忍受这份不公。

一切都过去了，我正在返回英格兰。我已经失去了功成名就的希望，也失去了我的朋友。不过我亲爱的姐姐，我正在向英格兰漂荡，向你漂浮而来，我会尽力向你详述这些痛苦的经历，如此我也就不会垂头丧气了。

九月九日，冰层开始松动，远处传来了雷震般的轰鸣咆哮，冰山从四面八方分裂开来。危险迫在眉睫，可是由于我们只能保持被动，我的注意力就主要被我那不幸的客人占据了。他的病情恶化，最后甚至完全卧床不起。冰块在我们身后裂开，被冲力推向了北方。一阵微风从西边吹来，到了十一日，向南的通道就完全畅通了。水手们眼见此景，知道他们肯定可以返回祖国了，响亮嘈杂的欢呼声就爆发了出来，久久不绝。正在打盹儿的弗兰肯斯坦醒了过来，询问为何喧哗。我说："他们欢呼是因为很快就能回到英格兰了。"

"那你真的要回去吗？"

"唉！是啊，我没法拒绝他们的要求。我不能带着他们心不甘情不愿地去冒险，所以我必须回去。"

"如果你愿意的话，那就回去吧，不过我是不回的。你可以放弃你的目标，但我的目标乃是天定，我不敢放弃。我虽柔弱，但助我复仇的魂魄一定会赐予我足够的力量。"言毕，他费力地从床上爬起，可这对他来说消耗太大了。他摔回床上，昏了过去。

过了很久他才苏醒过来，我一度以为他已经命绝于此了。终于，他睁开了眼，但呼吸困难，无法说话。医生给他开了镇静剂，嘱咐我们不要打扰他。与此同时，他告诉我，我的朋友肯定已经没几个小时可活了。

医生已经下了判决，我只能悲恸忍耐。我坐在他的床边看着他。他双眼紧闭，我以为他睡着了。可不久他就用虚弱的声音叫我，让我靠近点，说道："唉！我依赖的力量已经消失了，我觉得我很快就要死了，可他——我的敌人、我的迫害者，却可能还活着。沃尔顿，不要以为我在生命的最后时刻，感到的还是我曾言说过的深切的仇恨。但我觉得自己完全有理由想要我的死敌去死。最后这几天，我一直在审视自己过去的所作所为，可我并不觉得有什么可指摘的。我在狂热中造了一个理性的生物出来，我有义务尽我所能确保他的幸福安康。这是我的责任，但此外我还有更重要的责任。我更需要关注对同胞的责任，因为他们的幸福或痛苦在我生命中占到的比例更大。我出于此种观点，拒绝为第一个创造出来的生物造出一个同伴来，我这样做是对的。他展现出来了无可比拟的恶毒和自私，他不遗余力地毁掉那些情感细腻、幸福又聪慧的生命。我也不知道这种复仇欲会止于何处。像他这般凄惨的人也不该再制造惨剧，他应该去死。毁灭他本该是我的任务，但我失败了。我曾出于自私和邪恶的动机，请你接手我未竟的使命。现在，我仅出于理性和美德，再次向你提出这个请求。

"不过我不能要求你放弃自己的国家和朋友来完成这项任务。如今你就要返回英格兰了，你见到他的机会微乎其微。但我希望你自己去考虑这些点，考虑你该怎样平衡你的职责。死亡将至，这已经干扰到了我的判断力和想法。我不敢要求你去做我认为是正确的事，因为我还可能会被冲动误导。

"我不安于他还活着，还会施恶作乱。就其他方面而言，我随时期待着获得解脱，此时此刻就是我这么多年来唯一感到快乐之时。我挚爱的故人的身影在我眼前掠过，我急着要投入他们的怀抱之中。永别了，沃尔顿！于宁静中寻找幸福，要避开勃勃野心——哪怕只是看起来无害、能让你在科学发现上出人头地的野心也要避开。可是我为什么要说这些呢？我自己被这些希望害了，但换成别人可能就会成功。"

他说话的声音越来越弱，到最后，他精疲力竭，陷入了沉默。大概半小时后，他又试着要讲话，但讲不出来。他无力地按着我的手，永远地闭上了眼睛，唇边绽出的一抹温和的笑意也消逝不见了。

玛格丽特，对于这高贵灵魂的过早消逝，我又该如何置评呢？我该说些什么才能让你理解我的悲伤有多深切呢？我能言说的一切都显得苍白无力，远不足以传情达意。我声泪俱下，思绪被失望的阴云笼罩。但我要向着英格兰航行了，或许我能在那里找到慰藉。

我被一阵声响打断了。发生了什么？现在是午夜，微风轻拂，甲板上值班的船员几乎一动不动。这声音又来了。好像是人声，但要更嘶哑些。声音是从还停着弗兰肯斯坦尸骨的船舱里传来的。我必须起身去检查一下。晚安，我的姐姐。

老天啊！刚刚发生了怎样的一幕啊！我现在想起来都还头晕目眩。我都不知道自己还有没有力气来详述这件事。可要是没有这场最终的惊奇灾难，我记下来的这个故事就会是不完整的。

我走进了船舱，那里躺着我那命运多舛却可亲可敬的朋友的遗骸。一具我难以言喻的躯体俯身于上：身材高大，但比例粗野扭曲。他俯在棺材上，脸被一缕缕蓬乱的长发遮住了，他的一只大手伸了出来，颜色和质地看起来都像是木乃伊。听到我走近的声响，他不再发出悲伤惊恐的哀叹，而是跃向了窗户。我从未见过这般可怖的景象，他的脸如此令人生厌、丑到惊人。我不禁闭上了眼，努力回想起自己对这个恶魔负有什么责任。我请他留下来。

他顿住了，惊奇地看向我，然后再度转向了他的创造者那了无生气的躯体，仿佛忘记了我的存在。似乎有某种无法控制的激情引发了狂怒，煽动着他的一举一动。

"他也是被我害死的！"他喊道，"杀了他，我的罪行才得以圆满告终，我这曲折一生才能就此结束！噢，弗兰肯斯坦！多么慷慨无私的人啊！我现在求你原谅，又有何用呢？我毁掉了你的全部所爱，由此无可挽回地摧毁了你。唉！他尸骨已寒，大概再也不会回应我了。"

他的嗓音似乎哽住了。最开始涌来的冲动提醒着我要遵从朋友临终的请求，消灭他的敌人，可现在这冲动却在好奇和怜惜的交织下搁浅了。我走近了这个庞然大物。他丑到了极其可怕、绝非世间应有的程度，我不敢再直视他的脸。我想要讲话，但又说不出口。那怪物继续语无伦次地胡乱自责着。我终于鼓起了勇气，在他激动发狂的间歇对他说道："你现在的忏悔都是多余的。如果你当初听从了良心的声音、感受到一点点悔恨，没有将恶魔般的复仇推向极端，那弗兰肯斯坦本可以活下来。"

"你是在说梦话吗？"那恶魔说，"你以为我那时对痛苦和悔恨就无动于衷吗？他——"他指着尸体继续说道，"他在终结此事时并没有遭受太多痛苦。噢！就连我在漫长的复仇中所受痛苦的万分之一都不到。我的内心被悔恨浸透的同时，可怕的自私本性又催着我赶紧行动。你以为克莱瓦尔的呻吟对我的耳朵来说就是乐音吗？我的心生来就容易被爱意和怜悯所触动，当苦难把我的心扭曲到遍生仇恨时，你根本想象不到，如此剧变之下我要承受怎样的折磨。

"杀掉克莱瓦尔后，我回了瑞士，伤心欲绝、无法自持。我可怜弗兰肯斯坦。我的怜悯堆积起来又变成了恐惧。我厌恶我自己。可是当我发现他——这个一度创造了我，又给我制造了难以言喻的折磨的始作俑者——竟敢奢望幸福时，当他给我带来重重苦难和绝望，自己却在纵情享受我永远得不到的情感和欲望时，我就被无能为力的嫉妒和酸涩愤懑填满了，永远无法满足的复仇欲也燃了起来。我想起了自己做出的威胁，决心一定要付诸实践。我知道我是在自我折磨、自掘坟墓，可我是冲动的奴隶，我讨厌这种冲动，却违抗不了。但是当伊丽莎白死去时！——不，那时我才不痛苦。我已经摒弃了一切感情，压制了所有的痛苦，在过度的绝望中恣肆狂欢。邪恶从此成了我的善意。被逼到此等地步，我已经别无他选，只能让自己的本性去适应心甘情愿选定的环境。完成我的魔鬼计划就成了一种不知餍足的激情。如今计划完结了，这就是我的最后一个受害者！"

起初我还被他表露出来的不幸打动了，可我想起弗兰肯斯坦曾说过他能言善辩、很会说服人，我又把视线投向了我朋友那了无生气的躯体，于是我心头怒火又燃了起来。"你这恶魔！"我说，"你倒好，跑来这里哀诉自己亲手酿成的惨剧。你朝着一群建筑扔了火把，等到楼房被烧光了，你又坐在废墟上哀叹房屋倾颓。虚伪的魔头啊！如果你哀悼的人还活着，那他还会是你的目标，还会是你该死的复仇猎物。你并非怀揣着怜悯之心，你哀叹只是因为你行凶作恶的受害者再不受你掌控了。"

"噢，不是这样的——不是这样的，"那东西打断道，"不过我的所作所为看起来定是意欲如此，所以给你留下了这样的印象。但我不求有人能对我的苦痛感同身受。我永远都得不到怜悯。我第一次寻求共情时，我想要分享的是美德之爱、幸福之情，我全身心也都流淌着这样的感情。可现在，美德于我而言如梦幻泡影，幸福和爱意也化作了苦涩生厌的绝望，我还能向什么寻求同情呢？我的苦难还将延续，而我情愿独自受苦受难。待我死了，我的记忆里充斥着憎恶和咒骂，我也心满意足了。我也曾以美德、名望和享乐之梦来慰藉自己的幻想；我也曾错误地希冀过能遇到可以包容我的外表、会因我展现出的优秀品质而爱我的人；我也曾受荣誉感和奉献精神这样的崇高思想的滋养。可现在，罪恶让我堕落成了最卑劣的动物。我犯下的罪、造过的孽、我的恶意和痛苦都无法与之相比。当我回望自己可怖的斑斑劣迹时，我简直不敢相信自己曾经满脑子都是有关美好高尚、崇高脱俗的愿景。但事实就是如此，堕落的天使还是变成了邪恶的魔鬼。然而，即便是上帝和人类的敌人在凄凉的境地下也有朋友和同伴，而我却孑然一身。

　　"你把弗兰肯斯坦叫作朋友，看似好像知道我的罪行和他的不幸。不过，他向你讲的这些细节，概括不了我在无能为力的激情中消耗掉的痛苦时光。因为我虽然摧毁了他的希望，却没有满足自己的欲望。我的欲望永远炽烈，我还在渴望着爱和友谊，我也还在遭人唾弃。这难道就公平吗？当全人类都对我犯下罪行时，难道唯独就要把我视为罪人吗？为什么你不恨费利克斯？他可是傲慢地把自己的朋友赶出了家门。为什么你不憎恶那个试图杀害自己孩子的救命恩人的粗汉？不，他们都是道德高尚、完美无瑕的存在！而我这个可怜的、被抛弃的人，却仿佛是个堕掉的胎儿，要被唾弃、被踢打、被践踏。就算是现在，回忆起这种不公，我的血液仍旧会沸腾起来。

"不过我确实是个恶魔。我杀害了可爱又无助的人，我勒死了睡梦中的无辜者，掐死了从未伤害过我或任何其他人的人。我让创造我的人——人类中值得一切爱戴和钦佩的杰出典范——陷入了痛苦，甚至将他逼向了无可挽回的毁灭。他躺在那里，苍白冰冷，已经死了。你恨我，但你的恨没有办法与我对自己的恨相提并论。我看着自己犯下罪行的双手，我想到那颗酝酿出罪恶的心脏，我期望它们再也不要出现在我眼前，罪恶不要再萦绕我脑海。

"不用担心以后我会再行凶作恶了。我的工作差不多要结束了。我不会让你或任何人去死，只需我自己了却此生，这一切就结束了。不要以为我会贪生怕死。我要离开你的船，乘着带我来此的冰筏，前往地球最北的极点去。我要为安葬自己收集柴堆，将这可怜的躯壳烧成灰烬，别剩下残骸，免得给任何好奇又渎神的恶鬼提供灵感，又造出一个这样的我来。我会死去，此刻吞噬着我的痛苦、那些无法满足又无法平息的感情再也不会折磨我了。把我造出来的那个人已经死了。待我不复存在时，关于我俩的记忆也都会很快消失了。我不会再瞧见太阳或星子，不会再感受到有风拂过我的脸颊。光、感情和知觉都会消散，而我一定能在这样的状态下寻得幸福。几年前，这个世界的景象在我眼前徐徐展开，我感受到夏日暖意令人欢欣、听到树叶沙沙作响、鸟儿叽喳争鸣，这些对我来说就是一切，若彼时要我死去，我定会泪流满面；而如今，死亡却是我唯一的慰藉了。罪恶玷污了我，最苦涩的悔恨撕裂了我，除了死亡，我又还能在哪里找到安宁呢？

"永别了！我要离你而去了，你会是我见到的最后一个人。永别了，弗兰肯斯坦！若你尚在，且仍对我怀有复仇之欲，那么趁我还活着来满足你的愿望，总比等我死了好。可现实并非如此，你想要消灭我，以免我酿出更大的惨祸来。若你在天有灵，看我现在如此痛苦你也不会再想要我的命了。虽然你已消亡，但我的痛苦仍旧在你之上，因为悔恨刺骨，会一直搅动着我的创口，唯有死亡才能将之永远弥合。

"但很快我就会死去了，"他悲怆而庄严地大喊道，"我将再也感受不到此刻所感。很快，这些灼热的痛苦就会消失。我会意气风发地登上葬身的柴堆，在烈焰折磨的苦痛中欢欣鼓舞。熊熊火光会渐渐消弥，我的灰烬会随风吹入大海。我的灵魂将得以安眠。就算灵魂还能思考，也绝不会像这样思考了。永别了。"

他说完这些，就从舷窗一跃而出，跳到了停在船边的冰筏上。他很快就被海浪卷走了，消失在了远方的黑暗之中。

9 月 12 日

（全文完）